御曹司に誓いのケーキを

ビジネス結婚のはずが溺愛されてます

タカナシ

富士見L文庫

Contents

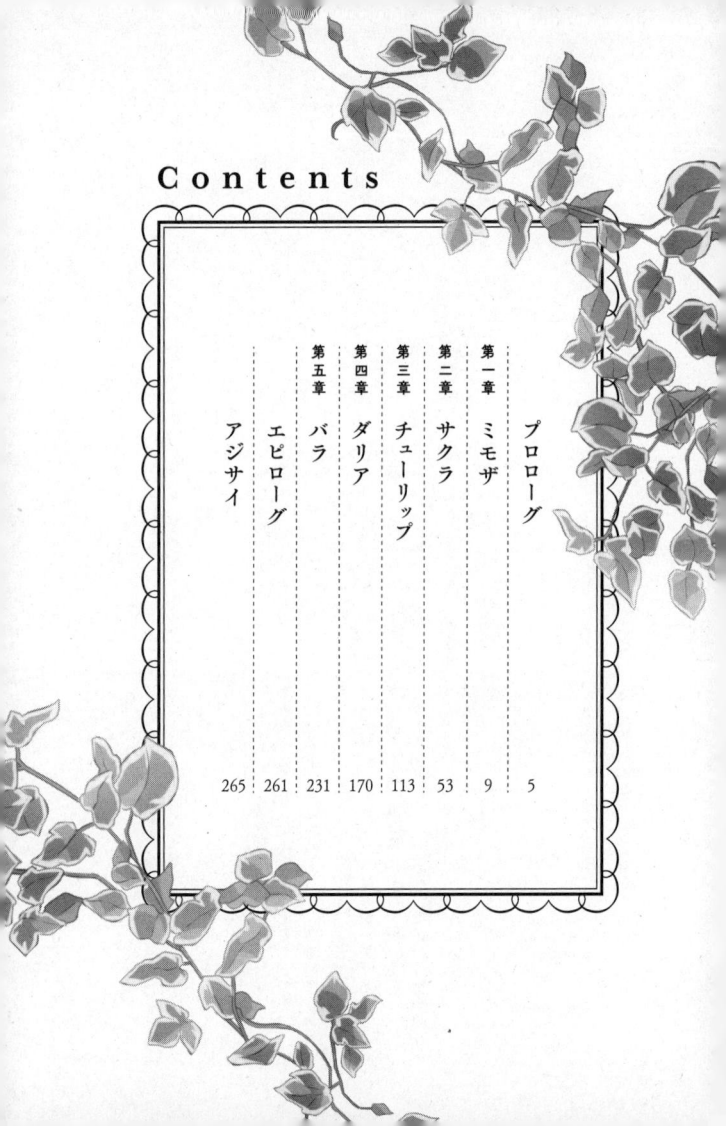

本書は、２０２３年に魔法のｉらんどで実施された「第２回魔法のｉらんど恋愛創作コンテスト」でシンデレラストーリー部門・部門賞を受賞した「ロマンスはお嫌いですか？」を改題のうえ、加筆修正したものです。

内容はフィクションであり、実在の人物や団体などとは関係ありません。

プロローグ

いよいよ、結婚式のクライマックスが訪れようとしている。

佐久本《さくもと》晶《あきら》は覚悟を決めると、花嫁になりきって、ぎこちないながらもきゅっと口角を上げた。ステンドグラスから降り注ぐ光が、純白のドレスを輝かせている。背中にかかった編みおろしヘアには、小花が散らされていた。

幸せを絵に描いたような新婦の隣には、すらりとした新郎。

一段高くなった祭壇に立つ二人へと、ゲストたちの視線は集中する。

「私、柾木《まさき》慧《けい》は、晶さんを愛し、どんな時も尊重し、彼女を支え共に生きていくことを誓います」

人前式とはいえ、こんなところで堂々と嘘《うそ》をつくなんて。

晶は、タキシードに身を包む端整な顔立ちの新郎、柾木慧を見上げる。

きっと晶と同じように、慧も今日の日に相応《ふさわ》しい花婿を演じているのだろう。出会ったばかりのよく知らない男性ではあるが、彼が自分を愛していないことだけは、はっきりと分かっていた。

気づけば、慧が、早くしろ、と言いたげに顎をしゃくっている。

「あっ、ああ。私、佐久本晶は、慧さんをあ……愛し、彼を尊重して、それからええと、彼を支えて、共に生きていくことを誓います」

誓いの言葉をなんとか最後まで言い終えた晶は、安堵《あんど》したように胸を押さえた。

慧は軽く深呼吸をすると、手を震わせながら晶の薬指に指輪を嵌《は》める。

普段の彼からは想像できないぎこちなさ。ただし、それには理由があった。

指輪交換を終え、証明書にサインをした二人へと、ゲストたちから拍手が起こる。

「それではお二人に、永遠の愛を誓うキスをしていただきます」

司会者の言葉に、晶は「えっ?」と思わず漏らした。

「ど、どういうこと? キスなんて聞いていませんが」

晶は小声で慧に訊《たず》ねる。

「こんなところでゴネたら不自然だろ。とにかく、やるぞ」

「話が違っ……」

異論を封じるように、慧が晶の腰を強引に抱いてきた。くるりと体を半回転させられると、目を閉じた慧の顔が近づいてくる。しかし、唇は触れなかった。

この角度なら、ゲストたちからは慧の後頭部しか見えない。つまり、キスしているように見えるはずだ。

ただの真似事《まねごと》なんだから、静まれ心臓――晶は息を止めた。

しかし、慧の唇は、ほんの数センチ先にある。

煩《うるさ》いほどに鼓動は鳴り止《や》まない。

息苦しい。死んでしまう。早く終わって！

「愛のキスをありがとうございました」

大きな拍手が起こり、晶は深く息を吸う。

ほっとしたのも束《つか》の間、「行くぞ」と声がかかった。

左手には、パンパスグラスに合わせたラナンキュラスが美しいブーケ。右手は、慧の腕へと遠慮がちに添える。

慧のそつのないエスコートで祭壇から降りる時も、皆の視線を感じ緊張が高まる。

そそっかしい花嫁が足を滑らせてすっ転び、ブーケがむなしく宙に舞うような惨事だけは避けたい。

何事もありませんように。人前式なのに、神に祈りながら、チャペルを出る。

背後で扉がしまったのを確認するとすぐ、慧がぐるぐると肩を回しはじめた。

「はあ、疲れた。あとは披露宴か」

彼は、気だるそうにつぶやく。

大きなガラス窓の向こうには、東京湾《とうきょうわん》にかかったレインボーブリッジ。

しかし晶には、壮観たる景色を眺める余裕もなかった。

早朝からの準備で頭はぼんやりしているし、ドレスを着るからと朝食を控えめにしたせいで、すでにお腹《なか》が鳴っている。

もちろん、慧の耳には届いていないようで。

慧は腕時計から顔をあげると、

「とにかく、俺たちの仕事を成功させるためだ。行くぞ」

晶のことなどお構いなしに颯爽《さっそう》と突き進んでいく。

この結婚は、きっと、マリアージュしない《引き立て合わない》。

晶は諦めたようにため息をつくと、慌てて慧を追うのだった。

第一章　ミモザ

話は結婚式の約三週間前に遡る。

松の内も明け、冷たい空気に身を縮めながら現実を見つめはじめる頃。

栗色《くりいろ》の長い髪をひとつに縛って帽子を被《かぶ》り、白いコックコートに腰エプロンを付けた晶《あきら》は、スマホを片手に作業台の前に立っていた。

作業台の上には、タブレット端末が置かれている。晶が自作した、〝ケーキラボラトリ・ミモザ〟のウェブサイトが開かれたままだった。

ここは、売り場のない作業場だけの、オーダーケーキ専門店である。晶は独立したばかりの、駆け出しケーキデザイナーだ。

ケーキデザイナーとは、様々なイベントや行事に合わせた、特別なケーキのデザインをするケーキ職人のことを指す。

「まさか、この私が店を持つことになろうとは」

スマホに向かって、感慨深げに晶は言った。

マンションの一室ではあるが、キッチンには業務用の機器が揃《そろ》っている。開業における初期費用をかなり抑えることができたのは、親切な不動産屋さんが居抜き物件を紹介してくれたおかげだ。

ピンポーン。ピンポーン。

インターホンが鳴らされているのには気づいていたが、晶はあえて知らないふりをした。

ウェブサイトには、黄色のクリームでミモザを描いた、可憐《かれん》なフラワーケーキの写真が一面に掲載されている。SNSでプチバズりした、晶の自信作だ。

ミモザの花は、小さな丸口金でひとつひとつ丁寧に絞った。黄色のクリームも一色ではなく、微妙に濃淡を変えてグラデーションにした。クリームは、独自配合のバタークリームだ。

「奥が深いよね、フラワーケーキ」

様々な口金を使って色とりどりの花を絞りデコレーションする、繊細で美しいフラワーケーキがこの店の売りでもあった。

晶がケーキ作りをはじめたのは、小学校を卒業するより少し前。両親を一度に事故で亡くし、悲しみに押しつぶされそうになっていた時だった。

そんなある日、お菓子作りが得意だった母親が、お馴染《なじ》みのいちごショートケーキとともに夢の中にあらわれる。

『甘いものを食べると、幸せな気持ちになるから不思議ね』

お母さんのケーキ、もう一度食べてみたい――

母親の味が恋しくなった晶は、記憶を頼りにケーキを作ってみることにした。

最初は失敗続きで、焦げたスポンジや膨らまないスポンジのオンパレード。

それでも、ケーキ作りに夢中になるうちに、少しずつ晶は明るさを取り戻していった。

調理部に所属し友達と楽しく過ごした中学時代。片思いの相手に手作りのチョコレートを渡せなかった高校時代。しっとりふわふわのスポンジケーキが焼けるようになった頃には、等身大の青春を送れるくらいには元気になっていた。

とはいえ、両親が遺《のこ》してくれたお金もいつかは尽きるだろう。祖母と二人きりの慎《つつ》ましい暮らしは、穏やかではあるが不安もあった。

進路に悩む高三の冬、たまたま観《み》たのが、オーダーケーキ専門店に密着した、海外のドキュメンタリー番組だった。ショーケースに並ぶカラフルなデコレーションケーキに、晶は瞬く間に心を奪われる。ケーキデザイナーという人気の職業があることもその時知った。

手に職を付ければ、きっと祖母を安心させられる。

何よりケーキ作りが大好きだ。

そこで晶は、製菓専門学校に進学し、卒業後はケーキ店《パティスリー》へと就職する。ところが。

最初に勤めた店は、パワハラ気味な店主と合わず、試用期間のみで本採用とならなかった。

次に勤めた店は、職場環境にこそ恵まれたものの、経営不振で潰れてしまった。

仕事に慣れずに叱られてばかりの新人時代も、絶対に休めない繁忙期のクリスマスの夜も、自分から辞めたいと思ったことは一度もなかったのに——

けれども、クリスマスに店を休んだところで、デートの予定があるわけでもなかった。付け加えておけば、晶に恋人と呼べる相手がいたことはない。夢のせいにはしたくないが、恋をしている暇などなかったからだ。

次の職を探していた時、早々と結婚し子育て中の友人が作った、フラワーケーキに出会ってしまった。

何年も前に現場から離れた彼女が、自宅のキッチンで店に並ぶケーキと見紛《みまが》うような美しいケーキを作っている。晶にとって衝撃的な出来事だった。

ショーケースに並ぶことのない、世界にたったひとつのケーキが眩《まぶ》しい。

自分がなりたかったものはケーキデザイナーだったと、晶は胸を熱くする。

一度きりの人生を夢に向かって生きてみたい。

こうなったら自分の店を持つしかない。

二十七歳にして独立開業の道を選んだのは、切羽詰まっていたというだけではない。再び情熱に火がついたというのも大きかった。

「舞花《まいか》がフラワーケーキの素晴らしさを教えてくれたから、今の私がいるんだよ」

晶は、スマホの向こう側にいる、大切な友人へと感謝する。

「てかさ、売れなかったら意味ないじゃん」

するとすぐさま、友人・篠原《しのはら》舞花から、もっともな意見が返ってきた。専門学校時代からつきあいのある、気のおけない友人だからこそ言える本音だろう。

「ま、まあね」

晶はごまかすように言葉を濁した。

開業して二ヶ月になるが、知り合いが義理でちらほら注文してくれただけで、新規のお客様からの注文はまったくなかった。

店のウェブサイトは作ったし、近隣で配られるフリーペーパーに広告も出した。SNSも利用しているが、集客が見込めるほどのフォロワーはまだいない。

もちろんこうなることは想定していて、軌道に乗るまで持ちこたえられるよう、入念に事業計画を立て、それなりの資金は準備したつもりだった。

それでも、現実的な舞花からは、厳しい言葉が飛んでくる。

「もっと危機感持ったほうがいいよ？　のんびりしてたら貯金ゼロどころか、借金地獄だよ？」

「借金地獄ねえ……まあ、おばあちゃんも入院しちゃったし、気を引き締めないとね」

晶はできるだけ明るい声で言った。祖母が晶のたった一人の身内だということを知っている舞花には、必要以上の心配をかけたくない。

祖母は手術を控えており、長期入院も見込まれる。高齢とはいえそれまで風邪ひとつひかなかった祖母にとって、予想外の出来事だった。

「おばあちゃんが？　大変じゃん！　ところで、さっきからインターホン鳴ってない？」

ピンポーン。ピンポン、ピンポン、ピンポーン。

「きっと、いつもの訪問販売か何かだと思う。ここって普通のマンションだから、その手のセールスが多いんだよね。ええと、それで話は戻るけど、おばあちゃんの手術代も稼がないといけないし、家賃も馬鹿にならないし、ケーキ教室でもはじめてみようかなって。銀行からの融資やクラウドファンディングを考えていることまでは、さすがに言いづらい。

「教室って、そんなにうまくいく？」

舞花は非常に不安げだ。

「なんとかなると……」

そこで、コンコンと、壁を鳴らす音がした。

「なんとかなるわけない。甘すぎだろ」

声がするほうを見ると、知らない男性が部屋の中に立っている。晶は息が止まりそうなほど驚いた。

「ふ、不法侵入！　舞花、いったん切るね！」

慌てて電話を切ったあと、「110番って何番だっけ」と、意味不明なことを口走ってしまう。

「不法侵入？　鍵は開いていたが？」

「だからって、勝手に入ってこないでくださいね」

晶は相手を刺激しないよう、落ち着いたトーンで言った。

「ここ、店舗だろ。看板出てたぞ。それにしては、呼び出しても誰も出てこない、電話も一向に繋《つな》がらない。とにかく急いでいるんだ。早くしてくれ」

三《み》つ揃《ぞろ》いのスーツを着た二十代と思《おぼ》しき男性は、早口でそう言った。

芸能人のような目映《まばゆ》いオーラに包まれた、すらりと背が高く完璧な顔面の男性だった。

「社長、こちらがお願いにあがっているんですから」

すると男性の背後から、パンツスーツ姿の中年女性があらわれた。アップスタイルの黒髪とシンプルな銀縁のメガネから、几帳面《きちょうめん》そうな印象を受ける。彼を社長と呼んでいるからには、部下と思われた。

おそらく、警察を呼ぶまでもないだろう。

いやしかし、二人組の詐欺師という可能性も否定できない。

晶が考えを巡らせていると。

「とにかく、パティシエの佐久本《さくもと》晶を呼んでくれ。話があるんだ」

男性は目の前の晶に対して、そう言った。

「佐久本晶は私です」

「えっ、君？　君は女性か？」

「ああ、はい。名前でよく間違われますが、女です、一応」

「くそっ、女か。だったら、パティシエじゃなくパティシエールと書いておくべきだろ」

男性は不満げにぶつぶつと言う。

「社長、やめておきますか」

部下の女性がささめく。

「そうだな。女性ならわざわざ……帰るか」

ひそひそと話しあう二人の声は、しっかり晶の耳にも届いていた。

そもそも、名詞が男女で異なるフランスと違い、日本ではパティシエと言えば男女問わず洋菓子職人というのが一般的である。もちろん、本場フランスにならってパティシエールとする店もあるけれど。

「ウェブサイトをご覧になったのなら、パティシエともパティシエールとも書いていないかと。ケーキデザイナーの佐久本晶です」

ケーキデザイナーとして独立したばかりの晶は、堂々と胸を張った。勝手に勘違いして文句を言われるのは、さすがに理不尽だ。

「ケーキデザイナー？」

意外にも、男性は興味深そうな顔をする。そこで晶は男性に訊《たず》ねた。

「ところで、お二人はどちら様ですか？」

「彼女は秘書の宮園《みやぞの》。そして俺は、こういうものだ」

離れた場所から作業台へ、しゅっと名刺が投げられる。滑ってきた名刺を、晶は手のひらで叩《たた》いて止めた。

名刺を投げてよこすとは、なんとも横柄な態度である。

「株式会社マサキブライダル代表取締役社長《だいひょうとりしまりやくしゃちょう》、柾木慧《まさきけい》……さん」

名刺を読み上げて、晶は首をひねった。まったく知らない相手だったからだ。

「検索すれば、俺が何者かすぐに分かるはずだ」

男性は苦々しい口ぶりである。

晶は仕方なしに、手元のスマホで〝マサキブライダル、社長〟と入力した。

〝柾木慧（28）、マサキホテルホールディングスの御曹司。アメリカで経営学を学び老舗五つ星ホテルで修業後帰国、子会社の株式会社マサキブライダル社長に就任〟

ネットに上がっている、アーティスト写真のような画像とも同一人物だ。

近頃の二十八歳の男性は、こういう仕上がりなのか。

さらさらの髪やつやつやの肌を、晶はこっそり盗み見る。ネットの画像より、実物の慧のほうが神々しいくらいだ。

それに引き換え、晶のほうはほぼすっぴん。

だって――仕事柄、香りや味を確かめるのにメイクは邪魔になるし、ネイルもできない。

決して後ろめたいわけではないのに、自分に言い訳してしまう晶だった。

気を紛らわすようにスマホをスワイプしていくと、つい一ヶ月ほど前に出た物騒な記事に行き当たる。

〝イケメンすぎる御曹司と話題になるが、過去の発言がSNSで拡散され炎上〟

〝結婚式場経営者の「一生結婚なんかするつもりはありません」という発言に対し、結婚する人たちを馬鹿にしていると一部のSNSユーザーが反発。自分は結婚しないのに他人を結婚させて金を稼ぐのは不謹慎だ、顧客のことも内心では馬鹿にしているに違いないなどの意見が見られた。式場にもクレームが多く寄せられ、営業に支障を来しているようだ〟

拡散のされ方を見るに、炎上どころか大炎上だった。

結婚するしないは個人の自由である。だがしかし。

なのだから、本音と建前を使い分けるくらいの配慮はあっていいはずだ。

「そのインタビューを受けたのは三年前、アメリカにいた時だよ。当時は、子会社の社長になるなんて考えてもいなかった」

「そ、そうですか……」

勝手に語りだす慧に、晶は分かりやすく狼狽《うろた》えた。

「日本から来たという記者が訪ねてきて、さぞかしモテるんでしょうね、なんて言ってくるから、リップサービスしたらこうなったというわけだ」

「社長、それ以上は。もう帰りましょう」

宮園が止めるのも聞かず、慧は話を続ける。

「悪い噂《うわさ》はとにかく燃え広がりやすい。式場の予約はキャンセルが出ているし、新規の問い合わせも激減した。ただし、マサキブライダルの業績悪化は今にはじまったことじゃない。いわばグループ会社のお荷物で、そもそも俺は、事業縮小のために親会社から送り込まれた人間だからな」

鬼気迫った慧の話に、晶はついつい聞き入ってしまった。また、正直に実情を打ち明けられたことで、同情せずにいられなくなる。

「ゆくゆくは式場がなくなるってことですか？　辛《つら》い立場ですね……」

「それはそれ。子会社での仕事を終えて親会社へ戻り、経営陣となるまでが俺の筋書きだから。ただし、今回の炎上が原因で子会社が潰れるようなことになれば、話は別だ。当然ながら社長の俺が責任を問われ、今後に影響が出るだろう」

「な、なるほど。それで、私に話って？」

よくよく考えれば、慧の身の上話を聞かされている理由が分からない。

「つまり、今、会社を潰すわけにはいかない。一時的にでもこの状況を立て直すために、君にも力を貸してほしい」

そう言うと、慧が作業台を回り込んできた。

真剣な眼差《まなざ》しに捕らえられ、晶は息を呑《の》む。

「そこで、だ。起死回生を狙ったブライダルフェアで、目玉となるウエディングケーキを作ってほしい。一月から十二月まで、誕生花でデコレーションされたケーキをずらりと並べたいんだ」

「す、すごい……」

誕生花のウエディングケーキというアイデアに、素直に晶はときめいた。十二台のケーキが並ぶ壮観な光景を思い浮かべ、思わず手を握りしめる。

「それを私に？　どうして？」

ありがたい依頼ではあるが、どうして自分に白羽の矢が立ったのかが気になる。

「式場のパティシエが突然辞めてしまい、急遽《きゅうきょ》代わりを探すことになった。どうせなら、腕がよく知名度のあるパティシエがいい。そこで見つけたのが」

「まさか私？　いえいえ私なんか！」

「いや、実は、本命のパティシエが忙しくてつかまらないんだ。この近くにキッチンスタジオを構えている、清水《しみず》サリというパティシエを知っているか？」

「ええ、もちろん。元モデルで、ケーキ教室の予約も三年待ちの、清水サリさんですよね」

フラワーケーキを作るパティシエで、清水サリの名を知らない者はいないだろう。モデルを辞めたあと単身渡米し、ケーキデコレーターとして経験を積んだ彼女は、帰国後独学でフラワーケーキ作りをはじめた。

彼女の華やかなフラワーケーキはやがてSNSでバズり、あっという間に人気パティシエとなる。元モデルであることやニューヨークでの下積み経験といった話題性からメディアに頻繁に取り上げられ、今や時の人だ。

「彼女を何度訪ねても、会ってすらもらえないんだ。フェアの日程は決まっていて、もう時間がない。ここを見つけたのは、マップアプリで近くのケーキ店を検索していてヒットしたからで、単なる偶然だけど」

「マップ登録しといて良かった、じゃなくて！　ということは、私じゃなくてもいいってことなんですよね？　当然、私のケーキ、食べたことないですよね？」

辿《たど》り着いてもらったのは幸運だけど、裏の事情を知ってしまっては、複雑な心境になるのも仕方ない。

もちろん、清水サリに比べれば、晶など無名に等しい。輝かしい実績もなければ、店は潰れかけの崖っぷち。

「そこはおいおい。仕事を受けてくれれば、試食会を開いて……」

「お断りします」

断れるような立場ではないと、晶だってじゅうぶんに分かっているつもりだった。

本来なら、頭を下げてでも仕事を取らねばならないところである。

なのに、どうしても悔しさが勝ってしまう。晶の根底にあるものが、母親のケーキだからかもしれない。

「待ってくれ。事情だけでも聞いてほしい。俺は、こんなところでつまずくわけにはいかないんだ。もちろん報酬は弾む。とにかく、すぐに働ける人間が必要だ」

「そちらの事情ですよね？　私は、私のケーキで笑顔になってもらえるケーキを作りたいんです。なのに、私のケーキの味も知らない人からの依頼なんて受けられません。お客様に対しても失礼だもの」

だいたいこの人は、パティシエとケーキデザイナーの違いも分かっていない。

これ以上話したところで、晶が抱くケーキへの思いも理解してもらえないだろう。

魅力的な仕事ではあるが、うまくいくはずがないと晶は思った。

「失礼って……それどころじゃないだろ。家賃は？　入院費は？　どうやって払うつもりなんだ」

どこから話を聞かれていたのだろう。だったら、なおさら断るしかない。

他人に迷惑はかけられない。これは私の問題だから。

晶は決意を胸に、名刺を手にした。

「ごめんなさい。これ、持って帰ってください」

名刺を返そうとして、慧の手首をつかむ。

「やめろ！　俺に触るな！」

「うわっ」

いきなり強い力で手を振りほどかれ、晶はよろめいてしまった。

「社長！　大丈夫ですか！」

「宮園さんも、俺に近づくな！」

慧は両手を前に突き出して、宮園が近寄るのを制止する。

「あ、あの……」

晶はおそるおそる、慧の様子をうかがう。

「ふう……大丈夫だ。なんともない。どうしてだ？」

慧は汗もかいていないのに、額をぬぐう真似事《まねごと》をした。

「なんともないんですか？」

宮園が不思議そうな顔をする。

「ああ。なんともない。こんなこと、この体質になって以来はじめてだ」

「体質って？」

晶を振り返った慧には、戸惑いとも不安ともつかない表情が浮かんでいた。

「もう一度、俺に触れてもらっても？　手を出して」

「は、はい？」

晶が手を差し出すと、慧が軽く握ってくる。

「やっぱり、なんともない」

「どういうことですか？」

わけが分からず、晶は訊《たず》ねた。すると慧は「宮園さん、こっちへ」と手招きをする。

「社長、いいんですか？」

宮園がじわりと近づいてきた。

「試したほうが、話が早いから」

慧はこわごわと、宮園の肩へと腕をまわす。すると、次第に呼吸を荒げ、みるみる顔を赤く染めていった。とうとう慧は、呻《うめ》きながらその場にうずくまる。

驚いた晶は、「ど、どうしよう」と、右往左往した。

「社長、大丈夫ですか。少々お待ちくださいね」

宮園は何やら鞄《かばん》を探っている。

「やっぱり、駄目か。この野郎！」

苛々《いらいら》したように立ち上がった慧は、ジャケットを脱ぎ捨てた。

「つまり、こういうことだ」

慧はネクタイを緩め、シャツのボタンを外していく。一気に胸をはだけると、真っ赤に染まり汗の滴る肌を見せてきた。

「な、何してるんですか！」

慌てた晶は、両手で顔を隠した。

「心因性の症状らしい。異常な量の発汗と息苦しさが起こるため、俺は女性の体に触れられない、はずなんだ」

「はず？」

指の隙間から、晶は目を覗《のぞ》かせる。

晶の手を握り、なんともないと言ったのは、慧の特異な体質についてのことだったようだ。

「だから、一生結婚しない、ってこと？」

女性に触れられないから、結婚するつもりはないと慧は発言したのだろう。

しかし、それが正しく伝わらなかったどころか曲解され、拡散されたようだ。

現場を見たことで、すとんと胸に落ちてくる。

「社長、お薬とお水」

宮園からペットボトルと薬を受け取ると、慧はすぐさま喉へと流し込む。その様子を、晶はただ呆然《ぼうぜん》と眺めることしかできなかった。

窓際のソファに横たわっていた慧が、「うーん」と伸びをする。

薬を服用してから三十分が経《た》ち、すっかり慧の顔色は良くなっていた。晶は少し離れた場所からその様子を窺《うかが》う。

慧はゆっくり体を起こすと、外から戻ったばかりの宮園を呼んだ。

「契約書あったよな」

「まだ続けるおつもりですか？」

紙袋を手にしたままの宮園は、呆《あき》れたように言った。

「俺はもう大丈夫だ。ええと……君、佐久本さん、ちょっといい？」

「はい？」

そろそろと晶がそばまで行くと、いきなり慧に手をつかまれた。

「ひゃっ」

「あ、悪い。試させてくれ」

すぐさま袖をまくりあげ、慧は自分の体に異変がないかを念入りに確認していた。

「不思議だ。やっぱり君だと平気だ」

「試す時は、試すと言ってくださいね」

急に手を握られて驚いた晶は、渋い顔をする。

「そうする。申し訳ない」

女性に触れると発汗と息苦しさが起こる珍しい症状を抱えている慧だが、なぜか晶だけは例外らしい。

「でも、私だと症状が出ない理由は？」

慧はじろじろと晶の顔を眺めたあと、匂いを嗅ぐような仕草をする。

「何か分かりました？」

「さあ……？」

そこまでしておきながら、首をかしげるだけだった。

気にはなるものの、慧の体のメカニズムが分からない晶には、これ以上追及しようがない。

慧がソファをぽんぽんと叩《たた》く。

「とりあえず、ここに座って。飲み物でも飲みながら、落ち着いて話そうか。宮園さん、頼む」

慧が休んでいる間にテイクアウトしてきた三人分のコーヒーを、宮園が手早くテーブルに並べる。

「仕事の件はお断りしたはずです。これ以上話をする必要はないかと」

ためらうことなく、晶は強い口調で告げた。

コーヒーを飲み終えたら帰ってもらおう。

慧の体質には同情するが、仕事の話となれば別である。

「どうして？　佐久本さんにとって悪い話じゃないだろ。ウエディングケーキ専門の、ブライダルパティシエとして来てくれるなら、納得してもらえるだけの契約料を支払う。こんなちっぽけな作業場は手放して、式場の厨房《ちゅうぼう》を使えばいい。ご家族の入院費だってまかなえる。いったい何が問題なんだ？」

「で、ですから」

自信たっぷりな慧に、晶は及び腰になる。

「私のケーキの味も知らないで、仕事を依頼されても困るんです」

やっとの思いで気持ちを口にするが、失笑されてしまった。

「馬鹿馬鹿しい。そんなくだらないプライドで渋っているのか」

「くだらなくなんか」

「くだらないな。この俺が、君のケーキがいいと思ったから頼んでいるんだ。他の客だって同じだろ。味なんか知らなくたって、見た目や評判だけで注文するはずだ」

慧は作業台から晶のタブレットを持ってくると、〝ケーキラボラトリ・ミモザ〟のウェブサイトを眺めはじめた。

自信作のミモザのケーキをはじめ、三日月形、ドーム形、リース形にデコレーションされた、美しいフラワーケーキがいくつも並ぶ。晶のデザインしたケーキは、落ち着いた色味の花が特徴で、店のSNSアカウントには、都会的で洗練されているといった内容のコメントがついたこともあった。

「ところでこのウェブサイト、ショッピングカートがないけれど、客はどうやって注文すればいいんだ？」

「ここに電話番号を載せてます。電話で注文していただければ」

「えっ、電話注文？　だいたい、メールで問い合わせもできないサイトなんて今どきあり得るのか？　いったいどこの業者が作ったんだ、こんな手抜きのウェブサイト」

「……私が自分で作りましたが」

晶の返事に、慧は「なるほど」と、気まずそうに目をそらした。

「しかし、写真はそう悪くないな。とにかく、これだけ情熱を注がれたケーキが美味《うま》くないわけないだろ。口にしなくても、俺には味が想像できる。だから、うちと契約してくれ」

慧があまりに熱心に口説いてくるので、さすがの晶も戸惑ってしまう。

「で、でも」

「こんなチャンス、みすみす逃すつもりか？　俺は佐久本さんの作るケーキがいいと言っているんだ」

「私のケーキが……」

とうとう頑《かたく》なな心が溶けかかる。とはいえ、ふたつ返事で引き受けるような仕事内容じゃない。

十二台ものケーキを一度に仕上げるには人手がいるし、材料の仕入れにかかる経費だって馬鹿にならない。

この仕事にかかりきりになれば、ミモザにきた注文を受ける余裕はないだろう。まだまともな売上もない店なのに、ますます窮地に追いやられてしまうことになる。

「やっぱり……無理です。私一人でできる仕事じゃありません」

「だから、うちのブライダルパティシエになればいいと言っているんだ。手伝ってくれるスタッフは他にもいる」

「店を手放すつもりはありません。ミモザは私の大事な店だから」

私のケーキで笑顔になってほしいだけなのに。

繊細で美しいケーキを、ひとつひとつ心を込めて作りたい。だから、小さな店で良かった。

しかし、現実は少しもうまくいかない。

くだらないプライドなのだろうか。ビジネスとは妥協することなのか。

考えれば考えるほど、晶は分からなくなっていった。

「そうか、じゃあ、こうしよう。一年間だけ、うちと契約してくれ。無理を聞いてもらう代わりに、君と君のケーキを大々的にプロモーションしよう。名前が売れたほうが、少しは仕事を取りやすくなるだろ？　うちの仕事をしている間は、ここの家賃もこちらが負担するというのはどうだ？」

願ってもない提案に、晶の瞳は輝き出す。

そうは言っても、好条件だからというだけですぐに仕事を受けるのは、あまりにも打算的じゃないだろうか。

また、晶のケーキが相手に利益をもたらすものでなければ、ビジネスとしては成り立たないはずだ。

「もう少し考えさせてくだ……」

そこで、晶のスマホが鳴り出した。嫌な予感がして、晶は息を呑《の》む。

「どうぞ。電話に出て」

慧に促され、すぐさまスマホを耳にした。

「はい、佐久本です。分かりました、すぐ行きます」

電話は病院からだった。予感は的中だ。

動揺した晶は、手を震わせながらスマホを鞄へとしまう。

「すみません。急用で、行かなくちゃ、私……」

「どうした？　何かあったのか？」

「祖母の病院にすぐ行かなきゃならなくて。容態が思わしくないようです」

説明するうちに、晶は心ならずも瞳を潤ませた。

事態を呑《の》み込んだように、慧の表情が引き締まる。

「宮園さん、運転手を呼んでくれ」

「はい。すぐに」

宮園は慣れたもので、あっという間に車の手配を終えた。

「宮園さんは、このまま直帰するように。俺は彼女に付き添う。あとのことは明日報告するよ」

慧は速やかに指示を出す。

「でも、社長」

「これ以上俺につきあってたら、就業時間過ぎるぞ。気にしなくていいから」

「はい。残業はお断りです。では、お先に失礼いたします」

意外にあっさりと宮園は部屋を出ていった。

「で、佐久本さん。君は、その格好のままでいいのか？」

「あっ、着替えてきます」

手の震えを止めようと、晶はエプロンをぎゅっとつかんだ。

「立てるか？」

先にソファから立ち上がった慧が、晶へと手を差し伸べる。

動揺していた晶は、慧の手を思わず取ってしまった。

「あ、あの……祖母は心臓が悪くて。手術をしなければ余命一年だと告げられていて

「……」

さらには、余計なことまで喋《しゃべ》ってしまう。

「大丈夫だ」

「えっ……」

晶をソファから引き上げたあとも、手は繋《つな》がれたままだった。

「一人じゃない。大丈夫だ」

もしかして——私の手が震えているのに気づいた？

落ち着かせようとして、手を繋いでくれているの？

慧の手の温《ぬく》もりを感じるうちに、晶は平静を取り戻していく。

「本当に、送ってもらってもいいんですか？」

「ああ。仕事の話がまだ終わってないからな」

優しいのか自分本位なのか分からない慧の態度に、ふっと気が緩んだ。

「じゃあ……お願いします」

「君も大変だな。でもきっとうまくいく」

繋いだ手に少しだけ力が込められる。

慧の根拠のない励ましが、その時ばかりは不思議と晶を落ち着かせるのだった。

運転手へのお礼もそこそこに、晶は黒塗りの高級車から飛び出した。

東棟の三階――心の中で繰り返し唱えながら、早足で自動ドアを通り抜ける。

「看護師と会話ができるまでに、症状は落ち着いているそうです」

病棟の受付で祖母の様子を伝え聞き、晶は胸をなでおろした。

それでもまだ気は急《せ》いていて、祖母の待つ病室へとすぐさま向かう。晶の背後には、居心地悪そうな顔をした慧の姿があった。

「俺が行って、驚かれないか？」

「大丈夫ですよ。仕事相手だってちゃんと説明しますから」

病院まで送ってもらっておきながら、このまま返すわけにはいかない。

祖母の元気な姿を確認したら、改めてお礼をしたい。

「すみません。もう少しだけ、つきあってください」

晶が手を合わせて頼むと、慧は黙って頷《うなず》いた。

辿《たど》り着《つ》いた祖母の病室は、扉が開いたままになっている。

そっと中の様子を窺《うかが》うと、ベッドに横たわる祖母と女性看護師の姿が目に入った。

「孫の晶は、おばあちゃん思いの、本当に優しい子なの」

「いいお孫さんをお持ちで、良かったですね」

祖母の話し声が聞こえ、晶と慧は目を合わせた。

「だからね、あの子を残して逝くことが何より辛《つら》いのよ。たった二人きりの家族でしょう。一人になったら、あの子どうなっちゃうのかしらって。仕事が忙しくて、恋人もいないみたいなの。きっとこのままじゃ、結婚も無理ね」

「大丈夫ですよ。私たちの時代とは違って、最近は結婚しない生き方もありますから」

祖母を励ますように、看護師は優しく言った。

「分かってるの。だから本人には言わないんだけどね。でもね、あの子の花嫁姿を見るのが、私の長年の夢なのよ。ここだけの話よ。晶には内緒にしてね」

「ふふふ。二人だけの秘密ですね」

祖母と看護師は微笑《ほほえ》みあいながら、指切りをしていた。

祖母の本心を知ってしまった晶は、病室へ入れずにその場に立ち尽くしてしまう。

自分を残して逝くことが辛いと言った、祖母の言葉が胸に刺さって痛んだ。

いつかは祖母が自分より先に旅立ってしまうとは分かっていても、覚悟なんか少しもできていない。晶は、くるりと病室に背を向けて廊下をあと戻りする。

「お、おい。どうするんだよ。顔見せなくていいのか?」

慌てたように、慧が追ってきた。

「こんな顔、おばあちゃんに見せられない」

泣きたいような切ないような、様々な感情が混じり合って、晶の気持ちは暗く沈んでいた。

間違いなく、病人に見せる顔じゃない。

「少し休みます。ごめんなさい。引き止めてしまったけど、今日はこれで。ありがとうございました」

早口で言うと、晶は壁際の長椅子に腰を下ろした。

今は一人になりたい――慧を拒絶するように両手で顔を覆う。

しかし慧は帰ろうとはせず、晶の隣へと座った。

失礼な態度を取って申し訳ないとは思うが、空気を読んでほしい。

晶はちらりと横目で様子を窺う。

慧は考え事をしているのか、ぼんやりと向かいの壁を眺めている。

ひたすら無駄な時間が流れていくことに、晶のほうが耐えられなくなっていた。

このまま何時間もこうしていられてはたまらないと、仕方なしに晶は口を開く。

「あの、何をしているんですか？」

「…………」

「だから、もう帰っていただいてけっこうですって」

「…………」

「私の話、聞いてます？」

「………」

「黙ってないで、何とか言ってくださいよ」

「………」

どうせなら、慰めるなり励ますなりしてくれたほうがマシだ。

何もないのだったら、せめて一人にしてほしい。

ひとしきり色んなことを思ったあとで、晶は深く反省する。年老いた祖母に心配をかけ、知り合ったばかりの慧に迷惑をかけている自分に、心底うんざりした。

「八つ当たりみたいになって、すみません。本当に柾木さんには感謝しています。だけど、こんな気持ちじゃ、ちゃんとした仕事なんてできそうにないし、だから今回の件は……」

「結婚しようか」

慧の口から出た台詞《せりふ》に、晶は耳を疑った。

出会ったその日に言われる言葉ではない。きっと聞き間違いに違いない。

「今、何か言いました？」

「結婚しようって言ったんだ。何とか言えって言うから」

「何とか言ってとは言いましたが、何でも言っていいわけないでしょう」

「どんな縛りだ。んなの、分かるか」

慧は髪をぐしゃぐしゃとかきむしった。

「いや、やっぱり、アリだろ。俺と君が結婚すればすべてうまくいく」

「はっ？」

晶は驚いて目を見開く。

「佐久本さんはおばあさんに花嫁姿を見せることができるし、俺は結婚することでマイナスイメージを払拭できる。むしろ、今の俺は佐久本さんとしか結婚できないからな」

「何言って……」

「結婚しよう。俺たち、ビジネス結婚をするんだよ」

そう言って、慧は勝ち誇ったような表情になるのだった。

＊＊＊

衝撃的な出会いから三日後のことだ。

マサキブライダルの結婚式場の中でも中核となる、〝ブラン・マリエ・クラシーク東《とう》京《きょう》〟のブライズルーム《新郎新婦控室》に、早朝から晶は缶詰にされていた。

これから、御曹司の婚約者へと変身するためである。

東京湾《とうきょうわん》を望む都会の邸宅をイメージした式場は、一日二組限定の贅沢《ぜいたく》な貸し切りハウスウエディングを売りにしているそうだ。二十名の社員とその他パートスタッフや派遣社員が、ローテーションを組んで切り盛りしているらしい。

一般客が利用できる、モダンなカフェラウンジが併設されているのも気が利いている。

豪華さはブライズルームも同様で、白を基調としたエレガントなインテリアで揃《そろ》えられ、高級ホテルのスイートルームのようだった。

そんな夢のような空間で、急激な睡魔に襲われた晶はうつらうつらする。

するといきなり、不機嫌そうな女性の声が頭に響いた。

「できあがりです。いかがでしょうか」

ヘアメイク担当の安藤《あんどう》は、冷めた表情で晶のケープを外した。

「え、ええ。自分じゃないみたいです」

鏡に映る自分の顔を、晶は食い入るように見つめる。

徹夜でケーキ作りに勤《いそ》しみ、ぱんぱんにむくんでいた顔は、一体どこに消えたのだろう。

くすみピンクのアイシャドウやチークが利いた素肌感のあるナチュラルメイクが、別人のように晶を上品に見せている。白い大きな襟がポイントの、クラシカルなワンピースにもよく似合っていた。毛先をゆるく巻かれ、ハーフアップにされた髪も美しい。

「社長、いかがですか？」

振り返る安藤の視線の先に、顎に手を当てて考え込む慧の姿があった。

今日の彼は、シンプルなジャケットに遊びを利かせた柄物のネクタイを合わせ、プライベート感あるスタイルだ。

何を着せても似合う慧に、鏡越しではあるが目が釘付《くぎづ》けになる。

「あ、ああ。いいんじゃないか」

慧の驚いたような表情に気づき、晶は図らずも頬を染めてしまった。

ヘアメイクを手配してくれたのも、ワンピースやアクセサリーまでひと通り準備してくれたのも、他でもない慧である。

感謝の気持ちを伝えたいが、タイミングがつかめない晶だった。

「安藤さん、これは仕事だから。時間外手当を申請しておいてくれ」

ぶっきらぼうに、慧が言う。

「当然です。言われなくてもしっかりいただきます」

虫の居所が悪いのか、安藤のほうもつっけんどんだった。

「そろそろ行こうか。家族が待ってる」

「は、はい！　おっと」

慧に促され勢いよく立ち上がった晶は、足元をふらつかせる。慣れないハイヒールを履いているせいだ。

「大丈夫か！」

晶を支えようとした慧が、素早く腰を抱いてきた。

「だ、大丈夫です」

鏡の中には、見つめ合ったまま動けなくなる二人。

慧は何か言いたげな表情をしていたが、結局、言葉を発することはなかった。

そこへ、止まった時を切り裂くかのような呆《あき》れた声が届く。

「本当にお似合いのお二人ですね」

安藤は冷ややかな笑みをたたえていた。


〝ブラン・マリエ・クラシーク東京〟をあとにした晶は、黒塗りの高級車の後部座席で必要以上にかしこまっていた。

「色々と準備していただいて、ありがとうございます」

「必要経費だ。俺の家族に会ってもらうんだから」

隣に座る慧は淡々とした様子である。

それに引き換え晶は、緊張で動悸《どうき》は止まらず冷や汗まで滲《にじ》んでくる始末だ。

これから慧の実家へ出向き結婚の挨拶をするのに、平常心でいられるはずがない。

ブライダルパティシエとしての契約期間は一年間。その間、ミモザとしてもケーキの受注はできる。結婚期間も同じく一年間で、契約終了後は速やかに関係を解消予定。離婚の手続きはほとぼりが冷めてからと、晶にとっても決して不利な条件ではないのだが。

「それと、俺の体質についての話は家族の前ではしないでほしい」

「あ、はい」

何か事情があるのだろうが、立ち入りすぎるのもきっと良くない。

マサキホテルホールディングスの代表取締役《だいひょうとりしまりやく》である父親と、父親の会社で働く妹の、三人家族だと聞いている。自分の体質のことすら話せない家族に、結婚を受け入れてもらえるのかと、急に晶は不安になってきた。

膝の上には手土産のデコレーションケーキ。クリームのミモザの花を散らし、スポンジにレモンカードを挟んだ晶の自信作だ。

とはいえ、気に入ってもらえるかは分からない。弱気な心が顔をのぞかせた。

豪邸ばかりの街並みを眺め、庶民の自分とは住む世界が違うと思い知ったせいだ。

「本当に私たち、結婚しても大丈夫なんですか？　出会ってまだ三日ですよ？」

「怖気《おじけ》づくのが早すぎるだろ」

晶の心を見抜いたかのように慧は言った。

「結婚できない事情を話せば、みんな分かってくれるんじゃないですか？　周囲の人を騙《だま》してまで、私たちが結婚する意味なんて……」

「分かってないな」

慧は遠慮なしに晶の言葉を遮る。

「俺が一生結婚しないと言ったのはこの体質が理由じゃない。自分の体のことを理由にしたところで、騒ぎ立てられたり、余計なことまで詮索されたりするのがオチだ。俺は仕事のために結婚すると決めた。君も仕事を成功させるために、俺との結婚を受け入れたんだろ。騙しているわけじゃない。俺たちの結婚がこうだっていうだけだ。いちいち感傷的になって、余計なことを考えるのはやめろ」

一気に言い終えると、慧は不愉快そうに座席シートに沈み込んだ。

「わ、分かりました。割り切ります」

慧から「結婚しようか」と言われた日を、晶は思い返す。

祖母を安心させるため、夢を見続けるために、結婚を決めたのは自分自身だ。

白い外壁が眩《まぶ》しいほどに輝くお城のような邸宅に着いた頃には、晶は心を決めて慧の婚約者になりきった。

ところが、慧の家族は思いのほか温かくもてなしてくれ、晶の不安は杞憂《きゆう》に終わる。

素直で可愛《かわい》らしい妹と、言葉少ながらもしっかり話に耳を傾けてくれていた父親は、手土産のケーキも喜んでくれた。

しかし慧の態度は相変わらずで、簡単に挨拶を済ませると、長居はごめんだとばかりに早々と席を立った。

どうして、こんな感じの良《い》い家族なのに、避ける必要があるのだろう——

もやもやしながらも、その足で役所へ婚姻届を出しに行き、晶と慧は正式な夫婦となったのだった。

＊＊＊

結婚の挨拶から、あっという間に三週間が過ぎた。

コックコートに身を包んだ晶は、〝ブラン・マリエ・クラシーク東京〟の厨房《ちゅうぼう》に立っている。

満足げな表情で眺めているのは、前日にナッペを終えた二段重ねのケーキだ。

上面は見事に平ら。側面も均一にクリームが塗られている。角もうまく削れ、クリームのコーティングは上面から側面へとなめらかに繋《つな》がっていた。

「式場での最初の仕事が、自分のウエディングケーキ作りとは」

ケーキ作りは楽しいが、プレートに〝HAPPY WEDDING Kei & Akira〟と自ら書き込まねばならないのは気が重い。

本日、晶と慧は結婚式を挙げる。

結婚式をやると決めたのは慧で、炎上を早急に抑えたいという理由から、打ち合わせもそこそこに、最短で日取りを決めることになった。

披露宴の内容はお任せだし、衣装も適当に選んだせいでよく覚えてないし――

当事者の晶でさえ全容を把握できないまま、慌ただしく当日を迎えてしまった。

そういう事情から、招待客も極少人数の式となったが、慧は却《かえ》って都合がいいと言う。慧のような立場ならば、もっと盛大な披露宴を執り行うべきところ、煩わしさが減ったということだろうか。

そこで晶はふと気が付き、厨房の壁にかかった時計を確認する。

「やばっ、もうこんな時間！」

急がなければ九時の着付けに間に合わない。

花嫁が早朝からケーキをデコレーションすること自体が、そもそも無茶な話だ。

バターとメレンゲをハンドミキサーで混ぜながら、そばにいた女性スタッフに晶は助けを求めた。

「そっちが終わったら、手伝ってもらってもいいですか？」

「無理です」

しかし、問答無用で断られる。

残念ながら、デザート担当のスタッフは彼女だけのようだ。

「……寒い寒い。今朝も冷え込んでるな」

気まずくなった晶は独りごちる。

パティシエは低温の厨房で働くため冷え性になりやすい。女性スタッフが厚着をしているのはそのせいだ。

泡だて器とボウルがぶつかり合う、リズミカルな音が聞こえてくる。

真剣な表情で忙《せわ》しなく働く女性スタッフに、晶は過去の自分を重ねた。

小麦粉や砂糖の袋は重たいし、一日中立ち仕事で腰は痛くなる。華やかなイメージと違い、パティシエはかなりの重労働だ。

それでも日々黙々と作業をこなし、スキルを上げていくのがパティシエである。

私も頑張ろう――晶は、手際よく絞り袋へとバタークリームを詰めていく。

それから、フラワーネイルという製菓道具を手に取った。ステンレス製で、直径四センチほどの円盤に支柱がついている。

支柱を回しながら円盤部分にクリームを絞り、ケーキに飾る花を作るのだ。

円盤の中央に薄黄緑のクリームで花芯を絞り、周囲には淡いピンクと白のマーブル状のクリームで花びらを咲かせた。

先が平らになった細工用のバラ口金で、花びらと花びらをぴったり添わせるように一枚一枚丁寧に絞っていくのがポイントだ。

晶の手元で見事に花開いたのは、ピンクと白のグラデーションが美しいラナンキュラス。

ケーキの側面には、淡いピンクのクリームをパレットナイフで塗りつけ、模様を描いていく。あとは銀箔《ぎんぱく》を散らし、裾に真珠をイメージしたドットを絞ればできあがりだ。

「すみません、ちょっといいですか」

仏頂面をした若い男性スタッフがドアの向こうからやってきて、「早瀬《はやせ》です」と投げやりに名乗った。

見たところ彼は、調理担当のスタッフのようだ。

「は、はい。何か？」

いきなり話しかけられ、晶は戸惑う。

「噂《うわさ》になってますけど、本当なんですか？　ここ潰れるんですか？」

薄ら笑いを浮かべながら、男性スタッフは訊《き》いてきた。

不穏な空気を察した女性スタッフが、隣の厨房に声をかける。

「おい、晴れの日だぞ。奥さん、失礼しました」

すると、料理長である年配の男性がすぐに飛んできて謝った。

「さすが、冷酷な清算人の奥さんっすね。潰れかけの式場で結婚式あげようなんて」

しかし男性スタッフは、さらに皮肉のようなことを言ってくる。

「冷酷な清算人？」

晶は、探るように早瀬を見返す。

「社長は赤字の子会社を清算するために、親会社からやって来たんじゃないですか？　まずはここを潰してホテルを建てるつもりじゃないかって、もっぱらの噂ですけど？」

「早瀬、もうやめとけ」

料理長から釘《くぎ》を刺されると、早瀬は「へいへい」といい加減に返事をした。

どうやら、すでに慧や親会社の思惑は知られているようだ。

だとしたら、冷酷な清算人というのも言い得て妙かも――

とはいえ、夢を追いかけてこの場にいる晶の立場は、むしろスタッフたちと似たようなものである。

ここで諦めるわけにはいかない。業績が回復すれば、存続だってありえるかもしれない。

「慧さんは、そんなつもりじゃ……。それに私、ここのパティシエとして雇われたんです。来週から皆さんと一緒に働く予定です」

言っていることは嘘《うそ》じゃないものの、晶は少しばかり後ろめたさを覚えた。

「マジかよ。冗談じゃねえ」

早瀬は不満げな顔をする。

「奥さん、こいつ、これでも副料理長なんです。ただでさえ人手が足りないので、どうかここは穏便に」

慌てたように料理長が晶に頭を下げた。

「だ、大丈夫ですから、頭をあげてください」

戸惑いつつも、晶は何とかその場を収めるのだった。

ケーキは無事完成し、滞りなく挙式も済ませた。

晶は今、披露宴会場のメイン席で、涙を拭っているところである。

「おばあちゃんの喜ぶ顔が見られて幸せです」

つい先程まで、スクリーンには祖母の姿が映し出されていた。

入院している祖母が、病室のベッドから結婚披露宴にリモート参加できるよう、慧が手配してくれたのである。祖母の手術が控えていたというのも、スピード挙式となった理由のひとつだった。

ただし、直前で式場の予約が取れたのは、決して社長の権限などではない。シーズンオフに加え、平日の仏滅という日柄のせいである。

ビジネス結婚なのだから仏滅もなんのその、祖母からの「幸せに」という心のこもったお祝いの言葉を、ただ晶は噛《か》みしめていた。

おばあちゃんがいたから寂しくなかった。

とめどなく流れ落ちる涙を、何度も晶は拭う。

親代わりとなって育ててくれた、祖母への感謝は尽きない。

もちろん、祖母のささやかな夢を叶《かな》えてくれた、慧への感謝も忘れてはいない。

「これほど感動的な結婚式になるなんて。本当にありがとうございました」

舞花はスピーチを終えて安心したのか、夢中で料理を食べている。

秘書の宮園は、挙式から披露宴まで泣きっぱなしだ。

慧の家族も、終始穏やかな表情である。

少人数婚ながら披露宴会場は華やかで、笑顔と温かな空気に満ちていた。

新たな絆《きずな》が生まれる晴れやかな日に、晶は優しい気持ちに包まれる。

「全部、慧さんのおかげです」

泣き腫らした目で、そっと隣の慧を見た。

タキシード姿の慧は、貴公子のように優雅な佇《たたず》まいだ。

「この程度の披露宴、どこの式場でもやってるだろ」

「え？」

予想外の冷めた返答に晶は固まった。

最高のロケーションと美味《おい》しい料理、そしてスタッフたちのプロフェッショナルな仕事ぶり。どれをとっても一流の結婚式場と言える。

晶にすれば、業績が落ち込んでいることが不思議なくらいの満足度だ。

「環境や立地は悪くない。サービスも問題ない。料理だって上々だ。それでも売上にはつながらない。自分が結婚式をやってみて良く分かったよ。選ばれるための決定的な理由が、やはり足りなかったんだ」

「決定的な理由？」

「そう。求められているのは、ブラン・マリエでしか得られない特別な体験だ。何を言いたいか、分かるだろ？」

慧がじっと晶を見つめてくる。

「えっ、あっ……」

ただでさえ容姿端麗な慧なのに、正装の破壊力たるや凄《すさ》まじい。

分かるだろ、と問われても、晶は頬を赤らめるだけで精一杯だった。

「君のケーキが、新郎新婦にとっての特別になるかもしれない、ということだ」

「私のケーキが……」

晶は、引き受けた仕事の重みを知る。

「期待してるから」

言葉とは裏腹に抑揚のない声で言うと、慧は再び視線をゲスト席へと戻した。

いつまでも感傷に浸っているわけにはいかない——

やるべきことを思い出したことで、晶は現実へと引き戻されるのだった。

第二章　サクラ

話の続きは二人の結婚式の約一週間後からはじまる。

二月の初旬、まだ寒さが身にしみる頃。

東京の隣接県にある、昭和に建てられた祖母の家で、晶《あきら》は羽毛布団にくるまっていた。

祖母の家は、平屋の一軒家で広さはないが、シャビーな外観は懐古的で味がある。

二間続きの和室があり、ひとつを客間に、もうひとつを晶の自室として使っていた。

畳敷きの晶の部屋には、ハンガーラックと姿見があるだけで、デザイン性の高い照明も観葉植物もない。十年選手のエアコンは、節電のためにコンセントを抜きっぱなしのまま忘れられている。

ただし、押し入れは天袋付きの大容量で、キラキラした砂壁には調湿効果があるらしい。

かつて床の間だった場所には、ネットで購入したハンガーラックが奇跡的にシンデレラフィットし、空気清浄機はないけれど、すきま風のおかげで換気は万全だ。

ふすまの日焼けも天井のシミも気にしない。

古い家での暮らしはじゅうぶんに快適だった。

「ふかふかのお布団大好き……」

温かな布団から、いつまでたっても抜け出せずにいた晶だったが。

「あ、晶……ええと、佐久本《さくもと》さん、開けるぞ」

隣の和室と続くふすまが勢いよく開かれ、飛び起きることになる。

鴨居《かもい》をくぐってくる慧《けい》に、晶は驚いて声をあげた。

「きゃあ！　勝手に入ってこないでください！」

いちご柄のルームウェアを見られたくない晶は、もう一度布団に潜る。

「今、声をかけただろ？」

「許可を取ってからにしてください！」

慧は「入ってもよろしいでしょうか？」と嫌味ったらしく言った。

一応夫であるが形式上だ。現実は、仮住まいという約束で客間を貸しているにすぎない。

「いったい何なんですか、朝っぱらから」

家主の孫である晶のほうがここでは偉いとばかりに、布団の中から訴える。

「すでに七時を過ぎてるが」

「えっ！　もうそんな時間？」

晶は慌てて布団から這《は》い出した。

「おいおい、何で便座が冷たい？　どうやったらお湯が出るんだ？」

てろんとしたシルクのパジャマを着ただけの慧は、寒さに身を縮めている。

「空調壊れてないか？　部屋が冷え切ってるぞ」

「すぐにストーブ点《つ》けますね。そんな薄着じゃ風邪ひきますよ。これ着ててください」

晶が慧の肩に自分の半纏《はんてん》をかけてやる。

「やけに重たい上着だな」

「我慢してください。フリースより温かいですよ」

「へえ」

珍しそうに半纏を眺める慧が面白くて、晶はにやつく。

「何だ？　何がおかしい？　そっちだっていちご柄のくせに」

「あっ！」

ルームウェアを見られてしまった——

「だから、その……無理してこの家に住む必要ないですよ？　職場まで遠いし、全室空調なんて夢のまた夢だし、うちのトイレには便座を温める機能すら付いてませんから」

「同じ職場で働いていて別居婚だなんて周囲に怪しまれるだろ？　だから晶が……晶さんが、都内のマンションに引っ越してくればいいんだよ」

慧は不機嫌そうに言った。

「呼び方は、晶でかまいませんよ。それっぽいし。だけど、前にも言いましたよね？　この家は、思い出が詰まった大切な家なんです。おばあちゃんが退院するまで、私がここを離れるわけにはいきません。家って、住む人がいなくなるとあちこちすぐに傷むんです」

カーディガンを羽織りながら晶は答える。

「結局、ふりだしに戻るだな。やっぱり俺が妥協してここで暮らすしかない。こんなセキュリティの甘い家に暮らしているのも問題アリだ」

「大げさですよ。普通の家のセキュリティなんてこんなものです」

「そんなわけないだろ。引き戸を上下に揺らすだけで鍵の開く玄関が、普通であってたまるか」

「大丈夫ですって。揺らすだけって言ってもコツがいるんですから」

鍵を忘れて家を出た時も困らないし、向かいの家のおじいちゃんがいつも玄関先に座っているため、泥棒に入られたこともない。

むしろ、ご近所さんとの日頃からのおつきあいが、何よりの防犯だと晶は思っている。

「そうだ、リフォームしよう。玄関扉をオートロックにすればいい」

「おばあちゃんがいない間に、勝手に家に手を加えることだけはやめてくだ……」

そこで意図せず、晶のお腹《なか》がぐうと鳴る。

「さすがに、腹減ったな」

慧も力なく言った。

「朝ごはんの準備しますね。卵しかないから、卵かけごはんです」

何の変哲もない卵かけごはんだけれど、卵にはこだわっている。

濃厚で甘みのある黄身が美味しい、直売所の卵だ。

食べてもらうほうがきっと早いはずと、晶はあえて説明を省いた。

「卵かけごはん……？」

とろりとした黄身と熱々のごはんを思い浮かべたことで、再び晶のお腹が鳴った。

「は、はい。卵かけごはんです」

そそくさと台所へと向かう晶の頬は、面映ゆさで仄《ほの》かに赤らんでいた。


「ごちそうさま。卵かけごはん、美味《うま》かったよ」

手を合わせる慧の前には、米粒ひとつ残っていない綺麗《きれい》なお茶碗《ちゃわん》。

所作の美しさはもちろん、身支度を完璧に整えてから食卓に着いた慧に、育ちの良さを感じずにいられない。

晶は急に自分が恥ずかしくなって、まだ寝癖のついたままの髪をなでつけた。

「炊きたてのごはんと新鮮な卵があればごちそうだって、おばあちゃんが」

慧は「その通りだな」と感慨深そうにつぶやいた。

「ところで、どうしても一緒に暮らすのが嫌だったら、せめて近くに部屋を借りようと思う。女性の一人暮らしはやはり心配だ」

珍しく謙虚な慧に、晶もおおらかな気持ちになる。

「ご近所さんの手前、別居するのはちょっと。どうせ部屋は余ってますから、遠慮なく居てもらって大丈夫です。ただし、過度に干渉せず、お互い自由にやりましょう」

慧と一緒に暮らすことへの抵抗感は不思議となかった。

初対面から、情けない部分を見せあったせいだろうか。

「分かってる。もちろんプライベートは不干渉だ」

「心配も無用です。一応、私も大人ですから」

「心配無用か。うちの妹はずっと実家だし、俺が過保護すぎるのかもな」

きまり悪そうに慧は頭をかいていた。

実家に挨拶に行った時は、家族を遠ざけているように見えたけれど、そんな慧が今は妹思いの兄の顔をしている。

それにしても――私は妹みたいなものなんだ。

慧の自分に対する気安い態度の理由が、晶は何となく分かったような気がした。

「そろそろ迎えが来るな」

腕時計を確認して、慧が言った。そこで晶は、妙な違和感を覚える。

慧の腕に嵌《は》められている腕時計が、あまりにも彼に似つかわしくないものだったからだ。

ハイブランドの最新アイテムで揃《そろ》えられた全身コーデの中で唯一、時代を感じさせるデザインの腕時計。しかも、革ベルトは年季が入っているし、文字盤を覆うガラスは傷だらけだった。

それでも身につけている理由はきっと――

「その時計、趣があって素敵ですね」

慧にとって、思い入れのあるものだからに違いない。

「かなり古いし、もらいものだよ」

その表情は、珍しく優しげだ。

慧は本当に〝冷酷な清算人〟なのだろうか。

厨房《ちゅうぼう》スタッフの心無い言葉を、晶は思い返す。

「どちらにしろ、冷酷な清算人なんて言い方はないよね……」

独り言の声が大きすぎたようだ。

「冷酷な清算人？　もしかして、俺のことか？」

「あっ、ええと、スタッフの人たちの間でも、式場が閉鎖されるんじゃないかって話が出ているみたいで」

「まあ、そうだろうな。働いている職場の経営状況くらい、把握していて当然だ」

たいして興味なさそうに言い、慧は席を立った。

「さて、そろそろ出ないと始業に間に合わない。そっちも、初出勤なのに遅れるわけにはいかないんじゃないか？」

「待ってください。だけど慧さんは、式場をもう一度立て直すつもりなんですよね？」

「もちろん。こんなことで、経歴に傷をつけたくはない」

「だったらなおさら、このままにしておくのは良くないですよ。スタッフから慧さんが嫌われたままじゃ……あっ」

そこで慌てて晶は口をつぐんだ。これでは、スタッフたちが慧をよく思っていないと告げ口することになってしまう。

「人を笑顔に、暮らしを豊かに」

するといきなり、慧が脈絡のないことを言い出した。

「どういう意味ですか？」

「うちのグループの経営理念だよ。どう思う？」

「どうって、よくありがちな……いえ、良《い》い言葉だと思いますが」

「何が言いたいのか、さっぱりだろ？　それを、お前は経営理念を分かっていない、なんて言われてもさ。プロジェクトを次々に成功させ、会社にさんざん利益を与えてきた俺に、隠居寸前のじいさんたちが偉そうに意見してくるからカチンときて。経営理念なんて社員の誰も覚えてるもんか、いつまで非効率的なことをやっているんだって、反射的に言い返したのがまずかったみたいだな」

その光景がありありと目に浮かび、閉口する。

「採算の取れていない子会社のことは、もちろん念頭にあったよ。事業を縮小するなり、手放すなり、さっさと決断すべきだってね。まさか、だったらお前が行ってやってこい、なんて話になるとは思わなかったが。それだけ大口を叩《たた》くのなら、首を切るのだって容易《たやす》いだろって煽《あお》られたよ」

「首を切る……」

晶はゾクッとして震えそうになった。

「とはいえ、それさえも誰かがやらなければならない仕事だろ。俺がやるしかないのなら、そうするだけだ。ただし、今はまだその時じゃない。まずは、一時しのぎだとしても、業績を回復させる。そこから先は、現時点では何とも言えないな」

慧は感情を表に出すことなく、淡々と語っていた。

「一時しのぎとはいえ、皆の力が必要ですよね」

「スタッフはもとからそれなりの人材が揃っている。俺を嫌っていようがいまいが、給料分の仕事をしてくれれば問題ない」

「そうは言っても……」

給料分の仕事さえ、この状況下では期待できないだろう。

今どき、ワンマン社長についていく人なんて、多分いない――

そうは思ったものの、今の慧には届かない気がして、黙り込んでしまう晶だった。


〝ブラン・マリエ・クラシーク東京《とうきょう》〟の車寄せに、黒塗りの高級車が停《と》まった。

ネイビーのベーシックなスーツを華麗に着こなした慧が、悠然と降り立つ。

ベージュのパンツにジャケットを羽織っただけの晶は、そっとあとに続いた。

今日から、これが毎日の通勤風景となるのだ。

電車にすれば良かった。まさか社長専用車で乗り付けるとは――

初出勤からこんなことでは、さすがに反感を買うのではないかと晶はひやひやする。

「従業員たちに紹介するよ」

慧は晶を伴って建物に入ろうとするが。

「一人で大丈夫です。ここからは別々で」

晶は「お先にどうぞ」と一歩後ろに下がる。

「分かった。じゃあ、また帰りに」

慧は軽く手を上げると、建物の中へと消えていった。

「はあ。先が思いやられる」

ただでさえ色メガネで見られているのに、これ以上悪目立ちしたくない。

とはいえ、私は私――自分がやるべき仕事をするだけだ。

己を奮い立たせようとする晶だが、ジャケットとパンプスは動きづらいし、名刺を出すのにもたもたしてしまう。

「一階フロントの奥がオフィスだったはず」

大きく深呼吸したあと、晶はフロントの女性へ旧姓のままの名刺を差し出した。

「おはようございます。今日からこちらでお世話になる佐久本晶です」

「佐久本……ああ、社長の奥様ですね。うかがっております」

「はい。式場のブライダルパティシエとして、お仕事をさせていただくことに……」

「オフィスはこちらです」

晶の話を聞いているのかいないのか、フロントの女性はそそくさと後方のドアを開け、中へと声をかけた。

「水坂《みずさか》課長、佐久本さんがお見えになりました」

がらんとしたオフィスに人影は見当たらず、晶はきょろきょろしてしまう。

しかしよく見れば、中央にあるデスクのパソコンの上からもこもこした頭がのぞいていた。

「ああ、ちょっと待ってて」

メガネをかけたスーツ姿の青年がひょっこり顔を出す。

彼は忙《せわ》しなくマウスをクリックしてから、諦めたようにため息をついた。

明るめの髪はふんわりウェーブがかかっており、メガネの下には、くりんとした黒い瞳が覗《のぞ》いている。

トイプードルみたい。

急速に親近感が湧いた晶は、にこやかな笑顔になる。

「佐久本晶です。はじめまして」

「はじめまして。営業企画課長の水坂です。課長といっても、課員は僕だけですが。結婚式プランの価格を設定したり、ウエディングプランナーと一緒にフェアを企画するのが主な仕事です。年齢は二十六歳、奥さんよりひとつ年下のようですね」

自己紹介しながらそばまでやってくると、水坂はどこか億劫《おっくう》そうに晶へ名刺を渡してきた。

もしかしてすでに嫌われている？

水坂草真《そうま》と記された名刺を、晶は警戒しながら受け取った。

「上司が年下って、やりにくいですよね？」

水坂がひきつった笑みを浮かべる。

「いいえ、そんなことありません！」

「身長は一六五センチ、血液型はAB型、独身ですが、結婚願望はありません」

「はい？」

晶は首をひねる。

会話の基本は同じ高さに目線を合わせることらしいが、相手が目の前にいるのに内容がまったく頭に入ってこなかった。

「興味ないですよね。分かっています。でも、スタッフにはあらかじめ伝えるようにしています。陰で色々言われるのが面倒なので」

まくしたてられるように早口で言われ、

「は、はあ」

晶は曖昧に返事をするしかなくなる。

「人事や給与に関する事務は、全部親会社がやっているんです。だから、ここに事務員は僕しかいません。なので、クレーム対応から備品の調達などの雑用まで、僕がやるはめになっているんですが。他にご質問があれば何なりと」

水坂は早くしろとばかりに片足を踏み鳴らしながら、晶の返事を待っている。

「ええと、じゃあ、私は着替えて厨房に挨拶に行ってきます。スタッフのロッカールームはどこですか？」

「挨拶なんてあと回しでいいですよ。どうせ厨房で働くわけじゃないんですから」

「どういう意味ですか？　ウエディングケーキを作るのが私の仕事ですが？」

厨房に行かねばケーキは作れない。

この人はさっきから何を言っているのだろうと、晶は水坂を訝《いぶか》しげに見返した。

「社長から何も聞いていないんですか？　もちろん奥さんにはフェアのケーキを作っていただきますが、普段はここ営業企画課で働いてもらいます」

「ええっ、聞いてない！　ベテランパティシエが辞めたからって……」

「ああ、それは本当ですよ。柾木《まさき》社長が就任してからというもの、次々に人が辞めていって困ってます。とはいえ、ウエディングケーキは外注もできますし」

「そんな……ブライダルパティシエとして雇われたのに、どうして」

私、パティシエじゃないの？

契約内容に職種が示されていたのかさえ、今となってはあやふやだ。

慧の手のひらの上で躍らされているようで、晶はひたすら困惑する。

「どうしてって、社長が決めたからじゃないですか？　どうせ僕ら社員は上司の指示に従うしかありません。慢性的に人手不足ですし、僕だってバンケットサービスを手伝うこともあります。まあ、いいじゃないですか。社長の奥さんなんだから」

言いながら、水坂は曲がったネクタイを直す。

「社長の奥さんなんだから、というのは？」

「社長の奥さんなんて、必死で働く必要ないし暇そう……あっ、すみません。口が滑りました。気にしないでください」

可愛《かわい》いトイプードルを思い浮かべたのは、犬に対して失礼だった。

「暇じゃありません。それに私は〝社長の奥さん〟ではなく、佐久本晶です」

水坂の小賢《こざか》しさが我慢ならず、晶は言い返してしまう。

「それでもやっぱり、社長の奥さんですよね？　ここのスタッフは佐久本さんのこと、社長の奥さんだと思って接しますけど、いいですよね？」

意地悪な物言いに、晶は「うっ……」と、答えに詰まってしまった。

「ケーキデザイナー佐久本晶さんのご主人が、うちの社長さんだったっていうだけじゃないですか。一緒に働く仲間なんですから仲良くしましょうよ」

するとそこへ、あごのラインで切りそろえられたボブヘアの、きりりとした表情が印象的な女性スタッフがあらわれる。ネイビーのスーツの胸元には〝梅津《うめづ》〟と記されたネームプレート。

彼女に気付いた晶は、すぐさま深々と頭を下げた。

「その節はお世話になりました」

梅津麻美《あさみ》は、晶たちの結婚式を担当してくれたウエディングプランナーだ。慧の話によると、成約率が七十％にものぼる式場のエースらしい。

年齢は晶より年上の三十二歳、シングルマザーであることは本人から直接聞いた。

「こちらこそ。ご満足いただけましたでしょうか？」

にっこりと梅津は微笑《ほほえ》む。

「もちろんです。短期間の準備で、あれほど感動的なお式にしていただき、本当にありがとうございました」

晶は拝むようにして、心からの感謝の気持ちを伝えた。

「当然ですよ。新郎新婦が満足する結婚式を企画し演出するのが、その人の仕事なんですから」

水坂の身も蓋もない言い方に、梅津が首をすくめた。

「こういうひねくれた上司を持つと苦労しますよね。忖度《そんたく》しないのが水坂課長なので、あまり気にしないでください」

梅津に同調するわけにもいかず、晶は「ははっ」と笑うしかない。

「水坂課長、何かあったんですか？　新人さんに八つ当たりみたいなことして、いけませんね」

大人の余裕なのか、諭すように梅津は言った。

「何もありませんよ。今日も変わらず、クレームやお叱りのメールの対応に追われているだけです。もちろん、〝お前のところの社長、一生結婚しないと言ってたじゃないか〟とか、〝舌の根の乾かぬうちにスピード婚か〟から、〝おいおいまさか、ビジネス結婚じゃないだろうな〟まで、お問い合わせにはすべて丁寧にお返事させていただいています」

水坂の早口はさらにヒートアップした。

その横で、ビジネス結婚というワードに分かりやすく晶の目が泳ぐ。

「これだけ頑張っているんですから、僕も元いた親会社に戻れますよね？　どう思いますか、梅津さん」

梅津は「さあ、どうでしょう？」と首をかしげた。

「水坂課長は、社長が親会社から連れてきた、優秀な人材なんですよ。この若さでもう課長ですしね」

ぽかんとする晶へと、梅津が説明をしてくれる。

「あの、まずはごめんなさい。私たちの結婚が原因で、ご迷惑をおかけしてしまったようで。何とか仕事で挽回《ばんかい》したいと思います」

とは言ったものの、パティシエとして働くわけではないのにどうすればいいのやら。

初日から、晶は途方に暮れそうになった。

「臨時のチームではありますが、力を合わせて頑張りましょう」

梅津が晶を励ますように言う。

すぐさま晶は「臨時のチーム？」と聞き返した。

「ゴールデンウィークに開催予定の大フェアを企画運営するチームです。水坂課長を筆頭に、私と佐久本さんがチームです」

にっこりと梅津が微笑んだ。

「ええとまず、大フェアとは？」

さっそく聞き慣れない用語が出てきたため、晶はポケットからメモ帳を取り出した。

「大フェアっていうのは、ブライダルフェアのことです。毎月やってるのが小フェア、盆・正月・GWにやる大規模のフェアを大フェアとうちでは言ってます。年末年始や連休は、ゲストが忙しかったり交通費が高かったりするといった理由から、挙式を避けるカップルが多く、式場は割と暇なんです。それでフェアをやっているわけです」

水坂の説明を聞きながら、晶はメモを取る。

「つまり、佐久本さんが厨房《ちゅうぼう》に入るのは、今のところ、ブライダルフェアのウエディングケーキを作る時だけになりそうですね。ただし、それまでにも色々やることがありますから。こんな感じでフライヤーも作りますよ」

梅津が、プリンターで印刷したA4用紙を掲げる。

〝ケーキデザイナー佐久本晶が作る、花咲くウエディングケーキ試食会〟

目が痛くなる配色に不均等なレイアウト。素人感丸出しの出来栄えに、晶は絶句する。

「佐久本さんには、ブライダルフェアまでにケーキをデザインして、試作もしてもらいます。試作のケーキを撮影して、ここのところに載せる予定です」

ゴシック体でデカデカと書かれた見出しの下を指して、梅津は意気揚々と言った。

「ここの〝ケーキデザイナー〟ってところ、バーンと出すように社長から言われましたが、どうですか？」

自信満々で梅津はフライヤーを見せつけてくる。

ここは心を鬼にするしかないと、晶は覚悟した。

大事なフェアだからこそ、有耶無耶《うやむや》にはできない。

「これって、たたき台ですよね？　もちろん、制作はデザイン会社にお願いしますよね？　ケーキの写真はプロのカメラマンさんが撮影してくれますよね？」

晶はかすかな希望を胸に、交互に二人を見た。

「予算が厳しいんです。何せ、奥さんの人件費とケーキの材料費が、予算の大部分を占めていますからね」

水坂の説明に、晶は唖然《あぜん》とする。

「これも社長命令です。目玉に予算を割くのは当然で、そうでないとこのフェアを開催する意味がないからということです。そうなると、残りの少ない予算でどうにかするしかないでしょう？」

「で、でも、このフライヤーはちょっと。もう少し予算を出してもらえないか、私から社長に相談してみます」

「やめてください！　そんなことされたら、僕が無能みたいじゃないですか！」

水坂は必死の形相だ。

「それに、予算配分は会議で決まったことですから、簡単に覆せるものではありません。僕たちの仕事は、限られた予算でフェアを成功させることです。社長の奥さんだからって、甘えないでください」

「決して甘えてるつもりはありませんが、ただ……」

この仕上がりで、式場を立て直すなんてできるの？

晶は、お粗末なフライヤーに不安しか見出せなかった。

「ええ、分かっていますよ。このままじゃ、大フェアで大コケしますよね。でもね、分かっていてもやるしかないんですよ。コケようがどうなろうが、やれと言われればやるしかないのがサラリーマンです」

水坂の目から生気が失われていく。

梅津は「大げさなんだからあ」と気楽なものだった。

「だいたい、最初は有名パティシエの清水《しみず》サリを呼んでくると言っていたのに、いつの間にか身内に手伝わせるって……」

水坂の不満は止まらない。それを聞きながら、身の置き場がなくなっていく晶だった。

帰宅後ひと息ついた頃には、時計はすでに二十一時を回っていた。

慧に聞きたいことは山程あったが、プライベートにまで仕事の話を持ち込むのは無粋な気がする。

今日はのんびり湯船に浸《つ》かって疲れを取ろう。

ゆったりとした足取りで浴室に向かった晶だが、

「何で、お湯抜いちゃったんですか！」

その数秒後にはドタドタと居間へ舞い戻っていた。

こたつでくつろぐ慧は、コーヒー豆の袋を手にぽかんとしている。

「お風呂が空っぽでしたけど？　抜かないでくださいって言いましたよね？」

着替えとバスタオルを腕に抱えた晶は、仁王立ちで慧を見下ろした。

残り湯は洗濯に使うからと、帰りの車内で伝えたはずだ。

楽しみにしていたお風呂タイムが台無しになり、晶は頬を膨らませる。

「自分が入った風呂の湯を抜いたんだ。これでも、気を利かせたつもりだが？」

片手間にコードをコンセントに繋《つな》ぎながら、慧は答えた。

「それのどこが、気を利かせたつもりなんですか」

「何が問題なんだ？　晶が溜《た》めた風呂の湯を洗濯に使えばいいだけだろ？　それから、俺の衣服に関しては洗濯する必要はない」

「庶民は日に何度もお風呂の湯は張らないんです。もったいないですからね。お湯を使い回せるよう、綺麗《きれい》に体を洗ってから湯船に浸かるのが、日本のお風呂文化です」

セレブの慧と生活習慣が違うのは仕方ない。だけれども。

「洗濯する必要はないって……洋服はクリーニングに出すとして、下着はどうするつもりですか？」

晶は遠慮がちに訊《たず》ねた。

まさか、一度履いたら捨てる？

慧の下着のことまで心配する必要性はともかく、地球に優しくないことは反対だ。

「悪いが、俺の風呂の入り方はアメリカ式なんで湯船は泡だらけ。どうせ洗濯には不向きだ。下着はドライクリーニング専用のものを着用している。ここの洗濯機では洗えない」

ドライクリーニング専用下着を知らない晶は、「なるほど」と相槌《あいづち》を打つしかなかった。

「分かりました。洗濯はいいとして、お風呂は日本式に寄せていただけませんか？　泡だらけの湯船でも私は気にしません。いえ、ちょっとは気にしますけど。ただ、〝残りものには福がある〟をもじって、〝仕舞湯には幸がある〟とおばあちゃんはよく言っていました。資源を大切にすることは未来の幸せにつながるのだから、間違っていませんよね。この家では当たり前のことなんです」

今にも祖母の口癖である「もったいない」が、明るい笑い声とともに聞こえてきそうである。入院中の祖母を思い、晶はしんみりとしてしまった。

「了解。郷に入っては郷に従え。明日からは日本式で風呂に入るよ」

無警戒なところへ、いきなり柔らかな笑顔を向けられる。

晶はどきりとして、ぱっと目をそらしてしまった。

「い、いちいちうるさくてすみません。おばあちゃんの教えは大事にしたいので」

動揺しているせいか、妙にぎこちない受け答えになった。

「おばあちゃんの教え？　他にもあるわけ？」

「ええと、例えば、米の研ぎ汁で大根を煮るとか、ブロッコリーは芯まで食べるとか」

「それは教えなのか？　単なる節約術のような気がしないでもないな」

「ちゃんと理にかなった教えなんですよ。米の研ぎ汁は大根の甘みを……」

そこで晶ははたと気づく。

シルクのパジャマの上に半纏《はんてん》を羽織った慧は、晶の話に耳を傾けながら、後生大事に腕時計を撫《な》でていた。眠る直前まで肌身離さずにいるくらい、慧にとって大事な腕時計なのだろう。

「祖母がよく言っていました。何でも大事に最後まで使うんだよって。大事にされると物だって喜ぶからって」

慧にも大切にしているものがある。何かを大切に思う心はきっと同じ。

だから——違う環境で育った二人でも歩み寄れるに違いない。

晶も決して、慧とやり合いたいわけじゃない。

「慧さんの腕時計も、大事に使ってもらって喜んでるみたい」

「時計が喜んでるって？　面白いこと言うんだな」

慧は晶の言うことなどたいして興味がなさそうに、こたつの上に置いたコーヒーマシンへと、コーヒー豆をざらざらと注いでいる。昭和の家にはどこか不釣り合いな、自宅でも本格的なコーヒーが楽しめると謳《うた》う、届いたばかりのスタイリッシュな高級マシンだ。

しかし、まだ腕時計ほどの思い入れはないようで、説明書は畳の上へ無造作に放り投げられていた。

「慧さん、水坂課長や梅津さん、それから他のスタッフとも、もっとコミュニケーション取ってみてくださいよ」

「何だよ、いきなり。仕事の話？」

「あ、ええと……」

予算の件を水坂に口止めされている晶は口ごもる。

「社長なんて、従業員からすればうっとうしいだけなんだって。それぞれが自分の仕事さえしてくれれば、俺が口出しする理由はない。何か問題が？」

他人に興味がないのか、仕事のことで頭がいっぱいなのか。

もっと分かりあえるはずなのにと、晶はもどかしくなる。

もしかすると慧は、自分の本当の魅力に気付いていないのかもしれない。

「人もその腕時計と同じです。大事にされると喜びます。働くモチベーションにつながります」

「人は大事にすると喜ぶ、か」

慧がタッチパネルの抽出ボタンを押したと同時に、
晶は驚いて叫ぶ。いきなり部屋が真っ暗になったからだ。

「うわっ！」

「停電か？」

慧は四つん這《ば》いで窓際に近づくと、カーテンをめくった。

「違うな。向かいの家の明かりはついている。ということは」

「ブレーカーが落ちたんですね！」

晶は暗闇の中で「スマホ、スマホ」とバスタオルの中を探る。

「コーヒーマシンを動かした程度でブレーカーが落ちるって？」

慧の呆《あき》れたような声が聞こえてきた。

「すみません。よく落ちるんです。電気料金も節約してて。ちょっと待っててください」

スマホの明かりを頼りに、暗い廊下へと慌てて晶は飛び出した。

「あった、あった」

玄関の脇にある分電盤へと手を伸ばすが、あと少しのところで届かない。

「もうちょっと、私に身長があれば……」

必死に背伸びをする晶の背後から、するりと腕が伸びてくる。

「これか」

背の高い慧は、いともたやすくブレーカーを上げた。

すぐさま、居間の明かりが廊下に漏れてくる。

ほっとした晶が振り返ると、目の前に慧の胸があった。

「あっ、ありがとうございます」

驚いて顔をあげれば、今度は慧とばっちり目が合いさらに焦る。

「どういたしまして」

そこには、慧らしい余裕の笑みがあった。

いつもなら敗北感すら感じそうな状況だが、今夜だけは違った。

いてくれて良かった――晶は安堵《あんど》感に包まれる。

ブレーカーを上げてもらったくらい、たいしたことじゃないのに。

祖母が入院して以来一人だった晶にとって、それは久しぶりの感覚だった。

家の中に自分以外の誰かがいるって、それだけで心強いんだ――

慧が「いい匂いだ」と前髪をかきあげた。

廊下を伝って、ふんわりとコーヒーの香りが漂ってくる。

自分本位で強引なだけの人だと思っていたけれど、それだけじゃない気がする。

慧の腕時計に目をやりながら、ひっそりと晶は思うのだった。

＊＊＊

初出勤から数日が過ぎ、晶の中にも明確な責任感が芽生えはじめる。

限られた予算でも、フェアを成功させなければ――

そうして今朝も、晶と慧は高級車から二人揃《そろ》って降り立った。

「ありがとうございました」

運転手に頭を下げる晶と違い、慧は軽く手を上げる程度。

この状況には、いつまでたっても慣れそうにない。

慧の体質のことを考えれば、満員電車に乗せるわけにはいかないが、自分だけでも電車通勤すれば良かったと晶は思う。

とはいえ、ドアツードアで通勤できる快適さは捨てがたい。

「堂々としてればいいんだよ」

おどおどしながら周囲を窺《うかが》う晶に向かって慧が言った。

「だけど、誰かに見られたら……」

潰れかけの式場なのに、社長専用車で出勤なんて――

「見られたほうがいいんだって。これも立派なプロモーションだ」

すると、ちょうど出勤してきたヘアメイクの安藤《あんどう》と目があった。

「おはようございます」

しまったと思いつつ、晶は丁重に挨拶をする。

「おはようございます。仲良く夫婦でご出勤なんて、羨ましい限りです」

安藤はにこりともせずに言ってきた。

皮肉だと分かっていても、あえて波風を立てる必要はない。晶は静かに、安藤が通り過ぎるのを待っていたが。

「ちょうどいいかもな」

慧は、わざわざ「安藤さん」と彼女を呼び止めてしまった。

「仕事もプライベートも夫婦一緒が良くて、あえてこういう働き方を選んだんだけど、羨ましがってもらえて光栄だよ」

そして、ぬけぬけと慧は言う。

朝から惚気《のろけ》を聞かされ、安藤はただぽかんとしていた。

「なあ、晶？　俺たちいつも一緒がいいんだよな？」

いきなり慧から肩を抱き寄せられた晶は、心臓が口から飛び出そうになる。

「な、何するんですか！」

「スタッフとコミュニケーション取れって言ったの、そっちだろ？」

「じゃなくて、この手、ですよ」

肩に置かれた手を払いのけようとするが、慧は離そうとしない。

「新婚なんだから、このくらいしないとあやしまれるって」

「新婚だからって、人前でこんなにイチャイチャしますか？」

「お、人前でイチャイチャしても何ともないな」

慧は体に異変がないことを喜んでいるようだ。

「こんなところで試さないでください」

顔を近づけあってひそひそと囁《ささや》き合う二人を見て、安藤が苦虫を潰したような顔になる。

「どうぞ末永くお幸せに」

冷たく言い捨てると、安藤は大股で歩いて行ってしまった。

「あれは、お幸せにって顔じゃないだろ。あやしまれたかもな」

晶の肩を抱いたままで慧が言う。

「違いますよ。呆れられたんです。とにかく、離れてください」

晶は慧の体をぐいっと押しやった。

「おはようございます。仲良くされているところ申し訳ありませんが……」

そこへ今度は梅津がやってくる。

「実は、佐久本さんにお願いがあるんです」

無理やり二人の間に割り込もうとする梅津に、慧は慌てて後ろへ下がった。

「なんと、お客様から佐久本さんのケーキにオーダーが入りまして。佐久本さんが作るのはフェアのケーキだけというお話だったかと思いますが、特別に受けていただけませんか？」

「そ、それは、かまいませんが。だけど、私に？」

詰め寄られたじろぐ晶へと、梅津がスマホを突きつける。

「こちらの動画を見て、どうしても佐久本さんにオリジナルウエディングケーキを作って欲しいと」

「これ、結婚式の！　何でこんな動画が出回っているんですか？」

晶は食い入るようにスマホの画面を見つめた。

映像は紛れもない二人の披露宴。晶が慧へ「あーん」とケーキを食べさせている、〝ファーストバイト〟のワンシーンだった。この儀式には〝食べ物に一生困らせないよ〟のメッセージが込められているらしい。

さらに眺めていると、晶の口へとやや乱暴にお返しのケーキが突っ込まれ、口の端に生クリームがべっとりと付く。

定番のセレモニーとはいえ恥ずかしすぎる。

ウエディングハイならぬ、ビジネス結婚ハイだったとしてもやるんじゃなかった。

すべて消し去りたいと、晶は青ざめた。

「当社のSNSアカウントに、社長の指示で水坂課長が投稿させていただきました。うちの公式アカウント、社長が就任されてからフォロワーが三万人に増えたんです。さすが社長」

「たかが三万人程度でさすがはないだろ」

慧はまんざらでもなさそうである。

「三万人程度？」

三万人に自分の披露宴がさらされたのだ。いや、PV数はもっとあるはずだ。

慄《おのの》きながら晶は慧を見上げた。

「フォロワーが増えたと言っても、どうせ例の炎上の飛び火だろ。まあこちらとしては、フォロワーがアンチばかりだったとしても宣伝に使わない手はないからな」

「なっ、鬼強……」

慧の強靱《きょうじん》なメンタルには驚くばかりだ。

だけど私は違うと、晶は思う。

夫婦と言えども勝手にプライバシーを晒《さら》されるのはごめんだ。

「その動画は、すぐに削除してください。宣伝に使うのなら許可を求めてください」

「動画はインパクトがあるんだ。ケーキのオーダーが入ったのだって、この動画のおかげだろ？」

「だとしても、生クリームべっとりは私が嫌なんです」

「はいはい。梅津さん、これは削除しておいて。それじゃ」

面倒くさそうに言うと、慧はさっさとその場から立ち去った。

「社長はいつもつれないですねえ。ファンサを待ってるスタッフだっているのに」

梅津は残念そうである。

「慧さんに、ファンなんているんでしょうか」

晶には、〝冷酷な清算人〟とまで言われる慧に好意的な従業員がいるとは思えなかった。

「あれだけイケメンですから、いるに決まってますよ。それに水坂課長は、生粋の社長派ですよ」

梅津がほくそ笑む。

「水坂課長が？　全くそんな風には思えませんが」

安藤や水坂の態度を思い返し、晶はますます気が重くなった。

「水坂課長のあれは、愛情の裏返しですね。エリート街道まっしぐらだった頃の社長は本当にかっこよかったそうですよ。とにかく、行きましょう行きましょう」

すかさず梅津にがっしりと腕をつかまれ、晶はオフィスへと連行されるのだ。

「おはようございます！」

梅津の元気な声がオフィスに響いた。

朝から浮かない顔をした水坂が、パソコンの脇から顔を出す。

「おはようございます。大フェアの予算計画書です。お二人も見ておいてください」

二人へ予算計画書と記された用紙が配られた。

「おはようござ……えっ」

人件費と材料費を除き、残された予算はほんの僅かだった。

ここから、宣伝広告費、新郎新婦役のモデル代諸々《もろもろ》、装飾のお花代、参加者へのプレゼント代などを捻出せねばならないようだ。

「こんなに少ないとは……」

梅津もさすがに困惑しているようだ。

「これでやるしかないんです。そして、やると決めたからには全力でやりましょう。先日は弱気なことを言いましたが、やっぱり僕は大フェアを成功させたい。いや、させないと困るんです。普通に会社員なんで、評価にかかわりますからね」

メガネの位置を直しながら、水坂は真面目な顔つきで言った。

理由はともかく、いつになくやる気のある水坂の発言に、梅津は満足そうである。

「そして大フェアの成功は、佐久本さんにかかっています」

水坂に圧をかけられ、晶は「は、はいっ」と、勢いで返事をしてしまった。

「ええと……ケーキの材料費を見直して、少しでも宣伝費に予算を回せるよう私のほうでも工夫してみます」

とはいえ、材料にはこだわっていて、バタークリームも生クリームも卵も全部上質のものを使っているため、そこは変えられない。だとしても。

私だって、やると決めたからにはやる――

「頑張りますので、よろしくお願いします」

決意を胸に、晶は二人に向かって頭を下げた。

＊＊＊

フェアについて頭を悩ませるうちに、二日が経過する。

そんな中、打ち合わせサロンのブースには、梅津と並んで座る晶の姿があった。

正面に座るのは、初々しい男女のカップル。三週間後に〝ブラン・マリエ・クラシーク東京〟で挙式を予定しているお客様だ。

彼らからウエディングケーキの依頼を受けた晶は、本領発揮とばかりにはりきっている。

「差し迫ったこんな時期になってすみません。ウエディングケーキ、今から変更できますか？」

二十五歳と若い新郎・土屋蓮《つちやれん》が焦った様子で言った。

新郎よりふたつ年上だという小柄な新婦・土屋向日葵《ひまり》は、どことなく浮かない顔をしている。

すでに二人は入籍済みだというが、まだ馴染《なじ》んでいないという印象だ。

「はい。変更可能ですよ。今回は特別に、ですが」

梅津の明るい笑顔に、蓮は安心したような表情になる。

手元に置かれたタブレット端末には、土屋夫妻の挙式プランが表示されていた。

二人が最初に選んだケーキは、プランとセットになった標準的なケーキ。

見つめ合う新郎新婦を人形にしたケーキトッパー付きの、フレッシュケーキだ。

「電話でお話しした通り、ブラン・マリエさんのSNSで見た、花がいっぱいのケーキに変更してください。とても綺麗《きれい》だったから」

蓮が身を乗り出すようにして言った。

それを聞いて、密《ひそ》かに晶は誇らしい気持ちになるのだ。

「ひまわりのウエディングケーキをお願いします。妻の名前と同じ花なので。ね、ヒマちゃん」

蓮は向日葵に向かって微笑《ほほえ》みかけるが、彼女の反応は薄い。

「こちらは、ケーキデザイナーの佐久本さんです。彼女が、あのケーキを作ったんですよ。このあと、土屋様のご希望を聞きながらケーキのデザインを描いてくださいます」

梅津が二人に晶を紹介した。

「佐久本です。よろしくお願いします」

晶はさっそくスケッチブックを開く。

「ケーキデザイナーさんっていう職業があるんですね。知らなかったな」

興味深そうにする蓮の隣で、向日葵は曖昧な表情を浮かべているだけだった。

もしかして、緊張しているのかな——

晶は向日葵をリラックスさせようと、努めて明るい表情を作る。

「奥様のお名前と同じお花のケーキなんて、すごくロマンチックだと思います。私にとっても大切なウエディングケーキなので、心を込めてお作りします。もっとイメージを膨らませたいので、色々とエピソードを伺わせていただきますね。そうですね、まずは……ひまわりと同じお名前の奥様はやはり、夏生まれでいらっしゃるんですか？」

「あ……それは……」

向日葵はますます表情を曇らせると、

「私は最初の、普通のケーキでいいです」

晶を見ようともせずに、小さな声でそう言った。

私、何かまずいこと言った？

「えっ、いや、でも、せっかくなので……」

焦った晶はしどろもどろになる。

「普通のケーキなんか、つまんないじゃん」

蓮ががっかりしたように言った。

「つまらなくてもいい。普通でいい」

そのせいか、向日葵は余計に頑《かたく》なになる。

「大切な結婚式なのに、どうでもいいみたいな言い方するなよ」

「結婚式も、本当はやらなくていいと思ってる」

向日葵が突っぱねるように言うと、蓮は眉を顰《ひそ》め拳を震わせた。

「今さら何だよ。嫌ならもっと早くに……」

「だって……」

今にも泣き出しそうな向日葵に気づき、晶はハラハラしてしまう。

「すみません。少し頭を冷やしてきます」

やや乱暴に蓮が席を立った。

「は、はい。お待ちしていますね」

梅津は、ブースを出ていく蓮を止めることはしなかった。

「梅津さん、どうしましょう？」

晶が、そっと梅津へと耳打ちする。

「大丈夫です。よくあることですから」

「そうなんですか？」

晶と梅津が囁き合っていると、しくしくと向日葵が泣きはじめてしまった。

こんな状況で泣きたくなる気持ちはよく分かる。

「あ、あの、これ良かったら使ってください」

晶はポケットティッシュを取り出した。

「ありがとうございます。すみません……こんなことになって……でも止まらない」

流れ落ちる涙を、向日葵はティッシュで拭き取った。

「泣きたい時は泣いたほうがすっきりしますよ。あえて喧嘩《けんか》しろとは言いませんが、夫婦になれば良いところばかり見せあっていくわけにはいきませんから。雨降って地固まるとも言いますし」

梅津の言葉を聞いて、向日葵は少し落ち着きを取り戻したようだ。

「本当にすみません。だけど、どうしたらいいのか……蓮くんになかなか私の気持ちが伝わらなくて。だからって、はっきり言えばきっと傷つけてしまう。それが怖くて、あんな態度に。でも結局、連くんを怒らせてしまいました。最初からこれじゃ、うまくいきっこないですよね」

向日葵の赤らんだ瞳に、晶の胸は痛くなる。

何か事情があるようだが、そう簡単には話してもらえないだろう。

お互いを思い合っているからこそ、すれ違いが生まれることもあるのかも——

「実は私も新婚で」

気づけば、晶はそう口にしていた。

向日葵の話を聞きたいのなら、自分の話もしなければフェアじゃない気がする。

私たちは本物の夫婦ではないけれど——

少しでも向日葵の心が軽くなればと、晶は語りだした。

「慧さん……夫とは、育った環境がかなり違うこともあり、嚙《か》み合わないことばかりなんです。正直なところ、この結婚続けていけるのかなあ、なんて思うことも」

隣で「え？」と梅津が驚く。

「だけど、簡単に諦めるわけにはいかなくて。だって、まだはじまったばかりだから」

晶は向日葵に向かって微笑んだ。

「失敗することもあるでしょうけど、それでもやってみないと分からないと思ってます」

性格から生活様式まで何もかも正反対。

そんな相手だからこそ、歩み寄りが必要なのかもしれない。

一度や二度の失敗でへこたれている場合じゃない。

きっと、私のジェノワーズ《スポンジケーキ》と同じだ――

硬いスポンジケーキを前に、泣きそうな気持ちになったことを晶は思い出す。

幾度と繰り返し、やっと理想のスポンジが焼けた時の気持ちも。

乗り越えた先に喜びが待っているかもしれないから、まだ諦めたくない。

「向日葵さんの本当の気持ち、もう一度、勇気を出してご主人に伝えてみませんか？　お手伝いできることがあったら何でも言ってください」

晶の励ましが届いたようで、向日葵がゆっくり頷《うなず》く。

「実は私たち、結婚式のサクラとして出会ったんです」

晶と梅津は同時に「サクラ？」と声に出した。

「はい。偽の客の、偽客《サクラ》です」

梅津も知らされていなかったようで、「へえ」と意外そうな顔をする。

「二人とも、結婚式に代理出席するサクラのバイトをしていた時期があって。蓮くんが新婦の職場の同僚として、私が新婦の友人として出席した時に、はじめて同じテーブルになりました。私はすぐに、蓮くんが自分と同じサクラだって気づきました。サクラ同士は同じテーブルになるよう仕組まれているんです」

向日葵は懐かしそうに目を細める。

「サクラとして何度も会ううちに、話をするようになりました。バイトと言っても、私はただ座っているだけですることもなくて。ベテランの方や俳優業の方なんかは、本物のゲストに混じって会話やスピーチまでこなす人もいますけど」

晶は「すごい」と素直に感心する。

「何回か会ううちに、蓮くんから連絡先を聞かれました。その時は、すごく困りました」

向日葵が恥ずかしそうに笑った。

「もしも式場で誰かに連絡先を聞かれた時は、さり気なくかわすようにと派遣先から言われていたんです。でも、同じサクラの人だし、蓮くんのこと気になりはじめていたから。

私たちが連絡先を交換したのはちょうど桜の季節でした。式場の庭には桜が満開だったので、サクラと桜だって笑いあったのを覚えています」

微笑ましいエピソードに、晶は幸せな気持ちになる。

「それからおつきあいがはじまって、結婚に至ったんですね。素敵ですねえ」

うっとりしながら梅津が言った。

「プロポーズされた時は嬉《うれ》しかったけれど、結婚式のことやこれからのことを考えると、どんどん憂鬱になってしまって」

マリッジブルーだろうか、と晶は耳を傾ける。

「蓮くんは、二人が出会った時の結婚式のような素敵な式にしようと言ってくれるけれど、どうしても幸せなイメージを思い浮かべることができなくて。だって、私には祝ってくれる家族がいないから」

「ご家族が……」

「私、親の顔を知らないんです。児童養護施設出身です」

思いがけない告白に、ぎし、と晶の心が軋《きし》んだ。

もしかして、向日葵の涙は、晶が流させてしまったのだろうか。

両親がいない晶には、向日葵の気持ちが容易に想像できてしまう。

晶たちのような少人数の披露宴だったとしても、新婦側の席次を見て寂しげだと感じた人がいたかもしれない。

気にしなければいいだけのことかもしれないけれど——晶は唇を噛みしめる。

「SNSでお花のケーキを見つけたのは蓮くんです。蓮くんが、自分たちのケーキもこれにしよう、ひまわりの花のケーキにしようって言い出して。すごく嬉しそうに言うから、何も言えなくなって」

晶が黙って頷くと、向日葵は小さなため息をついた。

「だけど、私、ずっと、向日葵という名前が嫌いだったんです。この名前を付けた両親のことを私は何も知らないのに、愛着なんか持てません。だけど、そんな理由で、私のために色々考えてくれる蓮くんを困らせたくなかった……なのにさっきは爆発しちゃって」

向日葵は悲しそうな表情になる。

「すみません。私が余計な質問したから……」

向日葵を追い詰めてしまったことで、晶が心を痛めていると——

「ヒマちゃん、そんなこと思ってたんだ」

この場に戻ってきた蓮が、驚いたようにそう言った。

「蓮くん……」

向日葵は再び、瞳に涙を蓄え顔をくしゃりと歪《ゆが》める。

「お客様、ちょっとよろしいですか？」

するとき、蓮の背後からなぜか慧まであらわれた。

「お時間も押していますし、打ち合わせの続きは後日にしてはどうでしょうか」

急《せ》かすように、慧は腕時計を確認する。

「ちょ、ちょっと」

大事な話をしている時に時間のことを言い出すなんて。

余計なことを言わないでと、晶は慧を軽く睨《にら》みつける。

「社長、ありがとうございます」

ところが梅津は、なぜか慧に感謝しているようだ。

「そうですよね。後日にしましょう」

さらにすぐさま、慧の提案を受け入れてしまった。

「長引いてしまって申し訳ありません。本日はお疲れでしょうし、後日もう一度お越しいただくことはできますか？」

梅津が確認を取ると、蓮と向日葵は顔を見合わせ、静かに頷きあうのだった。

一日の仕事を終えた晶は、

「どうしてあそこで帰しちゃうかなあ」

湯船で温まった体を拭きながら、ぶつくさと言っていた。

「慧さんのせいで、まとまるものもまとまらなかったじゃん」

脱衣所でなら、少々愚痴ったところでかまわないだろう。

着替えを済ませたところで、タイミング良くスマホの通知音が鳴る。梅津からのメッセージだった。

梅津麻美：社長にお礼を言いそこねたので、佐久本さんから伝えておいてくださいね。

佐久本晶：邪魔されたのにお礼だなんて！

梅津麻美：社長のおかげで、夫の蓮さんはあの場に戻ってこれたそうです。

佐久本晶：慧さんが何か言ったんでしょうか？

梅津麻美：夫婦にとって大事なこと、社長が教えてくれたみたいですよ。

晶は少しも納得できなかったが、「また明日！」と、あっさり梅津に締めくくられた。

「夫婦にとって大事なことって何だろう？」

意味深な台詞《せりふ》は気がかりだったが、今頃家事や育児で忙しいはずの梅津にしつこく訊《たず》ねるのも憚《はばか》られる。

「本人に聞いてみるか」

頭にタオルを巻いていちご柄のルームウェアに身を包んだ晶は、居間へと向かった。

「慧さん、ちょっといいですか？」

慧はこたつがいたく気に入ったようで、いつも寝る直前まで居間でくつろいでいる。

「いいけど、何？」

今夜は本を片手にコーヒータイムのようだ。

本もコーヒーも、晶にとっては眠りを妨げるものになるが、慧には安眠をもたらすものらしい。同じ人間なのに真逆だ。

「慧さん、土屋さんのご主人に何か言ったんですか？」

慧は斜め上を見て考え込む。

「何か言ったかな？　ロビーに男性が一人でいたから、念のため声を掛けたんだよ。迷っているのかもしれないし、不審者でないとも限らない」

「夫婦で意見が合わずにもめちゃって、頭を冷やすために一人で休まれていただけですよ」

晶は慧の向かいに腰を下ろした。

「その辺は土屋さん本人から聞いたよ。とはいえ、勝手に向こうが喋《しゃべ》りだしただけだが。新婦が結婚式をしなくてもいいって言い出したんだろ？　予約のキャンセルは避けたいからな。適当に話は合わせておいた」

話を終えたつもりか、慧は手元の本へと視線を戻した。

適当とはなんだ。こっちは式場のために必死なのに。

そんな晶の不満は、表情にあらわれていたようで。

ちらりと視線をあげた慧は、

「ああ、そうだ」

取り繕うように本を閉じた。

「披露宴のサクラって興味深いな。他人の人生ながら悲喜こもごもを垣間見《かいまみ》ることで、色々と考えさせられるってさ。サクラ同士にも、妙な連帯感が生まれるらしい。サクラと言っても、ぱっと咲いてぱっと散るだけの仕事じゃないんだな」

慧は、思いを馳《は》せるように遠い目をした。

結婚式には色んなドラマがある。

サクラだからこそ見える景色があるのかもしれない。

そんな場所で出会った二人だから、結婚式に対する思いも真剣なのだ。

あの時、どう言えば良かったんだろう――

自分の言動を思い返しながら、晶は考え込んだ。

「何にせよ、あの様子じゃまとまるものもまとまらないだろうから、時間を置いたほうがいいと思ったんだよ」

「そうですね……」

慧が打ち合わせを中断させた理由を、晶はようやく受け入れる。

確かに、土屋夫妻には、もっとじっくり向き合う時間が必要だった。

「暗い顔だな。仕事だろ。深入りしすぎるのはどうかと思うが」

「それはそうですが……ただ、奥様にご両親がいないという話を聞いてしまったら……私も結婚式の時、少しは気にしてたから、奥様の気持ちがよく分かるんです」

「俺は気にしないし、誰にも何も言わせない。晶の家族は俺だろ。他人の意見なんか気にする必要ない」

「えっ……」

「だいたい、気に病む暇があったら、新郎新婦を満足させるウエディングケーキについて考えるべきだ。晶はケーキデザイナーなんだから」

勢いに押され、「は、はい」と晶は返事をしていた。けれども。

慧さんの言う通りだ。私にできることを頑張るべきだ――

目標が定まったせいだろうか、不思議と晶の心は軽くなっていた。

「それで、どうやって土屋さんを連れ戻したんですか？　梅津さん曰《いわ》く、慧さんのおかげだって」

肝心なことを聞き忘れるところだったと、晶は耳をそばだてる。

「別に、コミュニケーションを取るべきだって、言っただけだが」

「それって、私が前に、スタッフとコミュニケーション取ったほうがいいって言ったやつじゃ？　アドバイス泥棒！」

「そうだよ。晶のおかげだ。ありがとう。助かったよ」

ふいに低めの優しい声が耳に届き、晶は思わず頬を染めた。

「そ、そんな。違いますよ。やっぱり、慧さんのおかげでいいです」

そこで、ほくそ笑む慧に気づく。

「これがコミュニケーションか」

「からかってますね！」

こたつに手を突いて身を乗り出した晶の頭から、はらりとタオルが落ちた。

慧は素早くタオルを拾うと、

「まだ濡《ぬ》れてるじゃないか。風邪ひくぞ」

がしがしと晶の頭を拭きはじめた。

「言っとくけど、からかってないから」

「あっ、あの」

「懐かしいな。うちは母親がいなかったせいもあって、妹が小さい頃はこんな風に面倒みてたんだよ俺」

楽しげに言う慧に逆らえず、晶はされるがままになる。

「今は、妹に触れることもできないが」

「慧さん……」

「妹はもう大人だから俺の手なんかいらないか」

慧の笑顔は、どこか寂しそうにも見えた。

「私は妹じゃありませんよ？」

そこでがっつり二人の視線がぶつかる。

綺麗《きれい》なアーモンドアイ──晶は思わず、造作の美しい慧の顔を見入ってしまった。

「悪かった、つい」

慧がぱっと晶の頭から手を離す。

「ていうか、乾かせよ」

「わ、分かってますって。これからドライヤーしようと思ってたところです！」

大人げなく、晶はツンケンした態度を取ってしまう。

不覚にもどきどきしてしまった──だって、ずるい、あのビジュアル。

慧から疑いの目を向けられる中、逃げるように居間を出る晶だった。

＊＊＊

前回の打ち合わせから数日後、再び土屋夫妻が式場を訪れた。

晶はスケッチブックと小さな保存容器を手に、サロンのブースへと向かう。

気に入ってもらえるといいけれど。

これから、二人のために描いたケーキのお披露目だ。

「お待たせしてすみません」

晶の声は緊張のせいか少し上ずった。すでに土屋夫妻と梅津は席についている。

「私たちもさっき来たばかりですから」

今日の向日葵は、明るい表情だった。

「前回はすみませんでした。僕たち、あれから色々話し合って、やっぱり式はあげると決めました」

蓮もすっきりした顔をしていた。晶は「良かった」と一安心する。

「うちの社長の言葉で、思いを伝えあうことの大切さに気付いたそうです。素敵なエピソードがまた増えましたね」

梅津がにこにこしながら言った。

「社長さんから、コミュニケーションを取るべきだと言われ、ああそうかって。そんな風に、シンプルに考えれば良かったんだって分かったんです」

それ、本当は私の言葉です——晶は笑顔の裏で少しだけ悔しがる。

「ヒマちゃんの笑顔が減っていってるのに気付いて、焦っていたのかもしれません。僕は何よりもただ、ヒマちゃんに喜んでほしかったんです。なのに、ヒマちゃんの気持ちを大事にできていなかった」

蓮は照れくさそうにしながら、「ごめん」と隣に座る向日葵に謝った。

「私が子供じみてたんだよ。私のほうこそごめん」

向日葵が蓮へと優しく微笑《ほほえ》む。

やはり、時間を置いたのは正解だったようだ。

すっかり仲直りした二人を見て、やっぱり慧のおかげだったと、晶は素直に感謝した。

そこで梅津が、コホンと咳払《せきばら》いする。

「ではそろそろ、佐久本さんからウエディングケーキのご提案をお願いします」

土屋夫妻の前に、晶はスケッチブックを広げた。

「ひまわりのケーキです」

側面にひまわりの花が大胆にあしらわれた、印象的なデザインのケーキがあらわれる。

「ケーキをキャンバスに見立て、チョコレートや生クリームでひまわりを描きます。大きなひまわりが目を惹《ひ》く、存在感あるケーキになると思います」

このラフスケッチが、ケーキの設計図となる。だからこそ、全力で描いたケーキだった。

しかし、向日葵は複雑な表情をしていた。

「あの……」

蓮がためらいつつも口を開く。

「今さらですが、別の花にしてもらうことはできますか？　我儘《わがまま》ばかりですみません」

「蓮くんは悪くないんです。我儘なのは私です。本当にすみません」

向日葵が申し訳なさそうにする。

「そういうご意見も出るかもしれないと予想しまして、実は、もうひとつデザイン案があります」

そう言うと、晶はスケッチブックをめくった。

二人から「わあ」という感嘆の声が漏れる。

「桜のケーキです」

もうひとつのデザインは、三段重ねの白いケーキに桜の花がたっぷりとちりばめられた華やかなものだった。二人のエピソードから辿《たど》り着いたデザインだ。

「実はこちらのケーキ、ゲストと一緒に完成させるウエディングケーキになっています」

保存容器の蓋を開けると、砂糖細工《シュガークラフト》の桜があらわれる。

向日葵から、ため息まじりに「可愛《かわい》い」という声が聞こえてきた。

「この桜を、ゲストの方々の手でケーキに飾っていただきます。参加型のイベントにできたら、きっと思い出深いものになると思うんです」

二人の幸せのために考えた、晶なりのアイデアだった。

晶は、砂糖の桜を向日葵と蓮にそっと手渡す。

「私は、子供の頃に両親を亡くしました。たった一人の肉親である祖母は入院しています。他に頼れる親戚もいません。だから、自分の結婚式の時、新婦側の親族席は用意しませんでした。正直言えば、少し寂しいと感じていました。だけど、友人や夫の家族をはじめ、ゲストの方々の温かい拍手に包まれた時、寂しく思う必要なんかないって気づいたんです。これから新しい絆《きずな》を育んでいけばいいんだって」

向日葵がハッとしたような顔をする。

「桜のケーキが、新しい絆を育むお手伝いをさせていただきます。いかがでしょうか」

晶は力強く訴えた。

「私、この桜のケーキがいい。結婚って、新しい絆なんですよね。過去は変えられないけれど、未来はこれからなんですよね」

向日葵が晴れやかな表情になる。

「ヒマちゃん、僕たちの結婚式にもサクラの仲間を呼ぼう。思いきり賑《にぎ》やかにして、思い出すたび笑顔になるような、そんな結婚式にしたいんだ。僕はヒマちゃんを、二度と寂しくなんかさせないと決めてるから」

蓮の提案に、向日葵は嬉《うれ》しそうに頷《うなず》いた。

「これこそ、雨降って地固まる、ですね」

梅津が控えめに拍手する。

スケッチブックに描かれたウエディングケーキを、熱心に見つめる蓮と向日葵。

今にも甘い香りが漂ってきそうだ。

完成したウエディングケーキを想像しながら、晶は顔を綻ばせる。

やがて蓮と向日葵も、春の陽射《ひざ》しのように輝かしい笑顔になるのだった。


「佐久本さん、そろそろ帰りませんか？」

鍵を指で回しながら、水坂が疲れた表情で言う。

「えっ、今何時ですか？」

オフィスのデスクから、がばりと晶が顔をあげた。

「もう九時ですよ」

呆《あき》れたような声に、晶は「ああっ」と頭を抱える。

土屋夫妻の結婚式は二週間後、早々に制作準備に取りかからねば間に合わない。

まずは急いで、材料の発注をかけたいところだが。

「材料費の計算、まだ終わってない……」

デスクの上には、スケッチブック。

ケーキのデザインを詰めていたらこの時間だ。

梅津は打ち合わせを終えたあと、慌ただしく帰っていった。

水坂は仕事が終わらなかったのか、晶と同じく今まで残業していたようだ。

「もう明日にしませんか？」

メガネの向こうにどんよりした瞳。水坂はすっかり疲れ切っている。

「水坂課長は先に帰ってください。私はもう少し残ります」

「梅津さんから聞きましたよ。佐久本さんが毎日睡眠時間削って、フェアの企画やケーキのデザインを練ってるって。でもそんなこと続けてたら、結局パフォーマンス落とすことになるんじゃ？」

水坂の厳しい言葉に、晶は我に返る。

「そ、そうですよね。すみません。私、仕事のことになると夢中になりすぎて。なかなか、自分を曲げられなくなるんですよね」

はりきりすぎて空回りしているのかもしれない。チームなのだから足並みを揃《そろ》えるべきだったと、晶は反省する。

「こだわりが強いってことですか？」

意外にも、水坂が興味を示してきた。

「あ、はい。私のケーキはこうでなくちゃいけないんだって、いつの間にか型にはめてしまっていたのかもしれません。だけど、今日、分かったこともあって……」

水坂が耳を傾けてくれているのを察して、晶は話を続ける。

「私のケーキは、私の手で完璧に作り上げるべきものだと信じてきました。だけど、そうじゃなかった。今日、土屋さんにご提案したケーキは、ゲストと一緒に作り上げるケーキです。美しくて完成度の高いケーキだけが、ウエディングケーキじゃないんですよね。新郎新婦やゲストが笑顔になれるケーキだったら、手作り感があったってかまわないんだって、むしろ、そのほうが思い出深いものになることもあるんだって、分かりました」

両親を一度に亡くし辛い日々を過ごしていた晶に、再び希望を与えてくれたのがケーキ作りだった。だからこそ、手を抜きたくはないと、こだわりすぎてしまったのだろう。

しかし、自分ひとりの手で完璧に作り上げることだけが、こだわり、ではない。晶は今日、心からそう思えた。

「僕は、ボールペン一本、電卓一個でも、デスクでの配置が決まっていて、そこが乱れると仕事に集中できません」

「はい？」

「分かっています。そういうこだわりじゃないって言いたいんですよね。だけど、こだわりってそのくらい、人によってはくだらないことだったり、理解できないことだったりするものです。それでも、良《い》い仕事をするためなら、こだわったっていいと僕は思います。むしろ、こだわりのない仕事って、機械がやるのと一緒なんじゃないですか」

「た、確かに」

「ただし、決められた枠の中で最高のパフォーマンスをするのが、プロだとは思っていますが」

「仰《おっしゃ》る通りです」

晶はぐうの音も出ない。

「だけど、見直しました」

すると、水坂がぼそりと言った。

聞き間違いかと思い、晶は「え？」と聞き返す。

「寝る時間を削ってるって聞いて。遊び半分でやっているのかと疑っていましたが、本気だったんですね。見直しました。素人意見ですが、そのデザインも非常に良いと思います」

「そりゃそうですよ、遊び半分なわけな……あ、ありがとうございます」

水坂から思いがけず褒められて、晶は急に恥ずかしくなってしまった。

「もう遅いですから、駅まで一緒に帰りましょう。というわけで、続きは明日にしては？」

水坂の眼差《まなざ》しがいつもより柔らかく感じる。

まさか、待っててくれた？——水坂の気遣いに気付いた晶は、自然と笑みを浮かべた。

不安ばかりのスタートだったけれど、ここでの仕事も悪くない。

少しずつではあるが、水坂とも打ち解けているような気がする。

「すぐに、帰る支度しますね」

急いで鞄《かばん》に荷物を詰め込んでいるところで、オフィスのドアが勢いよく開いた。

「晶、そろそろ帰ろう」

少々苛《いら》ついた様子で、慧があらわれる。

「慧さん、待ってたんですか？　先に帰ってくださいって言ったのに」

「同じ家に帰るんだ。別にかまわないだろ」

過度に干渉しないと約束したはずなのにと、晶は釈然としなかった。

「私は電車で……」

「もう車を待たせてある」

わざとらしく、慧が腕時計に目をやる。そこですかさず、水坂が手を上げた。

「社長、僕も送っていただけませんか？」

メガネの奥は、トイプードルが飼い主を見つめる時の目だ。

「は？」

慧は怪訝《けげん》な面持ちになる。

「残業して遅くなったので、良かったら僕も車で送っていただければと」

「通勤手当出てるだろ？　自分の足で帰ってくれ。遅くまでご苦労さま」

ぞんざいに慧は言った。

「そう言わず、水坂課長も送ってあげてください。お願いします」

あえて晶は手を合わせる。

もっと従業員とコミュニケーションを取って、と願いながら。

「はあ……送ればいいんだろ、送れば。水坂くん、行くぞ」

慧は諦めたように水坂を手招きした。

「社長、ありがとうございます」

トイプードルが尻尾をふっているみたい。

晶には、水坂が嬉しそうにしているのが、何となく分かるのだった。

第三章　チューリップ

話の続きは土屋《つちや》夫妻の結婚式当日からはじまる。

三月の上旬、桜の蕾《つぼみ》が膨らみはじめた頃。

式場バンケットルームの入り口で、〝Ｒｅｎ＆Ｈｉｍａｒｉ〟と書かれたウェルカムボードを晶《あきら》は見つめていた。

すでに披露宴は終わり、スタッフがあと片付けに入っているところだ。

「私のケーキ、気に入ってもらえたかな」

コックコート姿の晶は、静かに目を閉じる。

裏方として働く晶は、新郎新婦の姿を間近で見ることができない。

だから想像する。ケーキ入刀する時の二人の幸せいっぱいの笑顔を。

「佐久本《さくもと》さん、捜してたんですよ！」

唐突に梅津《うめづ》の声が聞こえ、びくりとして晶は目を開ける。

「そんなに慌ててどうしたんですか？」

梅津は、はあはあと息を荒らげていた。

「今日中にどうしてもお伝えしたいことがあって」

「明日は梅津さん、お休みでしたね」

「こども園が日祝は休みなので、すみません」

心苦しそうにする梅津に、「いえいえ」と晶は首を横に振る。

ブライダル業界において土日祝はいわゆる書き入れ時だ。

いっぽうで、定休日は火曜日であることが多い。だから、たいていは火曜日プラス平日一日が休日となる。

「大変ですよね。まだお子さん小さいのに」

本来ならば、シングルマザーである梅津にとって働きやすい環境とは言えないだろう。

「離婚をきっかけに辞めようかと思ったこともあったんですが、好きな仕事ですし。スタッフの協力や社長の寛大な対応に感謝しています」

「社長が？」

「ええ。特別に日祝のお休みを認めてもらえました。その代わりと言っては何ですが、フェアの企画運営を引き受けたんです」

「そうだったんですね」

慧《けい》がスタッフに肩入れするとは珍しい。

晶は慧の意外な一面を知ったような気がした。

「ダメ元でお願いしたら、意外にもあっさり承諾していただいて。社長のご両親も離婚されているそうですね。もしかしたら、ご自身の経験もあって配慮していただけたのかなあと」

「あ、ああ」

慧の家族のことを詳しく知らない晶は、曖昧に相槌《あいづち》を打った。

「いけない。土屋様から佐久本さんへの伝言があるんでした」

「土屋さんから？」

「はい。ウエディングケーキ、とても素晴らしい出来だったそうです。ゲストと一緒に作り上げたことで大変盛り上がったとか」

梅津がスマホを取り出す。

「ひまわり色のドレスと一緒に撮った写真がこちらです」

「ひまわり色のドレス……わあ」

桜のウエディングケーキを中心に、オレンジ色のドレスを着た向日葵《ひまり》とタキシード姿の蓮《れん》が、ゲストに囲まれて満面に笑みを浮かべている。

「サクラのゲストも交ざっているそうですが、皆さん本当にいい笑顔で写っていらっしゃるから、全員本物みたい」

梅津は感心しているようだった。

「素敵な写真ですね」

晶は写真を眺めて感じ入る。

間違いなくそこには、新しい絆《きずな》が生まれた本物の瞬間が写っていたからだ。

「佐久本さんのメッセージを読んで、ドレスの色を直前で変更されたんですよ。ふっきれたみたいな、良い笑顔ですよね」

「良かった……余計なことかと思ったんですが」

土屋夫妻にプレゼントしたウエディングケーキのラフスケッチに、晶はひとことメッセージを添えた。

〝桜のように華々しく、向日葵のように明るい、お二人の新たな門出を心よりお祝いいたします〟

新婦の向日葵は、自分の名前に愛着がないと言っていた。

だからこそ、少しでも素敵な思い出が加わりますようにと、晶はメッセージをしたためた。

「土屋向日葵という新しい名前が好きになれそうですと、おっしゃっていました」

「伝言ありがとうございます」

ひまわりみたいに太陽に向かって咲く人になってほしい。

ひまわりみたいに輝く未来に向かっていってほしい。

向日葵の名前に込められた意味に、晶は思いを馳《は》せた。

そして、安堵《あんど》したように言う。

「本当に良かった」

「そうですね。とにかく無事お式が終わって……」

梅津が言いかけた時、ロビーのほうから人の声が聞こえてきた。

「莉緒《りお》ー！　どこだー！」

「莉緒ちゃ～ん。怒らないから出てきて～」

振り返れば、燕尾服《えんびふく》や着物を来たゲストたちが、そこら中を駆けずり回っている。

「正装して走り回るって、何事？」

ただならぬ様子に晶は目を見開いた。彼らは挙式二組目の招待客のはずである。

「梅津さん！　佐久本さん！」

そこへ、焦った様子の水坂《みずさか》がやってきた。

「何があったんですか？」

梅津もきょとんとしている。

「たった今挙式された川西《かわにし》家の新婦が行方不明なので、二人も捜すの手伝ってください」

「式をあげたあとで行方不明って……」

　ミステリアスな内容に晶は息を呑《の》んだ。

　午後の挙式は十四時半には終わり、披露宴は十五時から開始予定だ。

　そして時刻は、すでに十四時五十分である。

「チャペルからブライズルーム《新郎新婦控室》に戻る途中で、姿が見えなくなったそうです。何か心当たりがあるのか、新婦の元カレが連れ去ったに違いないと新郎は大騒ぎしています」

　水坂が青ざめた顔で言う。

　晶もゾッとして、「元カレ?」と思わず口にしていた。

　結婚式に元カレが乱入して花嫁を連れ去るなんてこと、現実にあるのだろうか。

「もちろん、関係者以外の入館はお断りしていますし、受付からも誰かが紛れ込んだという報告はありません。ただ、新婦のほうが元カレに未練があって逃げ出したというパターンもありえますよね」

　水坂は新婦を疑っているかのような口ぶりだ。

「川西様に限って、絶対にそんなことはありません」

　しかし梅津は、断固として否定する。

「私は川西様の担当ではありませんが、プランナーの勘というものがあるんです。新郎や新婦が浮気しているかどうかは、何度かお見かけしていれば分かります」

それから梅津は深刻な顔つきになると、水坂に小声で訊《たず》ねた。

「警察には、まだ？」

「この状況じゃ、まともに取り合ってもらえないでしょうね。ご親族からも、通報するのは待ってくれと」

水坂も行き詰まっているようだ。

「とにかく、皆で手分けして捜しましょう。給仕スタッフに手伝ってもらえないか、キャプテンに相談してきます」

そう言うと、梅津はすぐさまバンケットルームへ向かった。

「私は厨房《ちゅうぼう》に戻って、手の空いているスタッフがいないか見てきます」

晶は急いで廊下を進み、突き当りにある厨房のドアを開けた。

「うわ！」

開いたドアから勢いよく熱気が流れ出し、晶はたまらず顔をそむける。

「何なのこれ？」

周囲を見回せば、籠もった熱のせいか、皆しかめっ面で作業に取り組んでいた。

機嫌が悪そう――晶は声をかけるのをためらい、その場に立ち尽くす。

ただでさえ良く思われていないのに、どうしよう。

壁に備え付けられたモニターには、準備中のバンケットルームが映し出されている。

披露宴パーティーの開始に向け、一分一秒を争っている状況だ。

「何やってんだ。さっさと動け」

何もせずにいる晶を、料理長が叱りつける。

「あ、あの、私」

「ああ、社長の奥さんでしたか。こっちは換気扇が壊れてますが、デザートのほうは大丈夫。あっちは冷房も効いてるんで」

料理長は奥のステンレスドアを指差す。

透明窓の向こうには、忙《せわ》しなく動くデザート担当スタッフの姿が見えた。

「すみません。実は、川西家の花嫁が行方不明で……」

すると、せせら笑いが聞こえてくる。

「知るかってえの。関係ない仕事持ってこないでくれますか？」

以前にも噛《か》みつかれたことがある相手、調理担当スタッフの早瀬《はやせ》だった。

挑発にのってはならないと、晶は淡々と返す。

「関係なくはありません。その料理は花嫁を祝うためのものですよね？　ここで働く私たち皆に関係あることだと思います」

「私たち皆だって？　たった一台ケーキを作ったくらいで、仲間みたいな言い方するなって。こっちは雇われてるだけなんだよ。この式場はあんたらの式場だろ。だったらとっとと、社長とあんたで行方不明の花嫁とやらを捜してこいよ」

早瀬は晶を威嚇するように、手にしていたトレイを作業台へと叩《たた》きつけた。

その腕に、料理人の勲章である火傷《やけど》の痕がいくつもあるのに晶は気づく。

彼の本気の前で、ただただじろぐことしかできないなんて。

晶は自分が情けなく思えた。

「おい、いい加減にしろ」

料理長が早瀬をたしなめる。

「奥さん、すみません。料理が遅れると、式の進行にかかわりますので」

料理長に頭を下げられると、引き下がるしかなくなる晶だった。

とはいえ、立ち止まっている暇なんかない。

厨房を飛び出した晶は、式場二階にある執務室のドアをノックもせず力強く開けた。

「慧さん、忙しいですか？」

「何だ、いきなり！」

慧は驚いた顔をして、のけぞっている。

「あっ、すみません、急用で」

「こっちだって仕事中だ。忙しいに決まってるだろ」

冷たく言い放たれ、急激に晶の心が萎えていく。

スタッフとの関係を改善しようと頑張ってきたのに。

私の気持ちなんか少しも分かろうとしてくれない。

早瀬の前ではまだ冷静でいられた晶だが、ここへきて一気に感情が乱された。

「言いたいことがあるならさっさと言ってくれ。時間の無駄だ」

容赦ない慧の言い草に、晶は「じゃあ言います」と開き直る。

「私と一緒に、行方不明になった花嫁を捜してください。ついでに、厨房の換気扇が壊れていますから、至急修理してください」

「なっ……それを俺に？」

慧は呆気《あっけ》にとられているようだ。

「慧さんがそんな態度だから、スタッフだって感じ悪いんじゃないですか？」

「何に苛《いら》ついてんだよ。誰かに何か言われたのか？」

「…………」

晶は無言で歯を食いしばる。

感情的になったところで、問題が解決するわけじゃない。

なのに――

どうして慧を相手にすると、感情が表に出るのだろう。

相異なるふたつの思いに晶は戸惑っていた。

そこへ、ゆっくり歩み寄ってくる影。

「黙ってたって分からない」

胸の前で腕を組んだ慧が、晶の顔を覗《のぞ》き込んできた。

「な、何ですか？」

「だから言ってみろって。大事なのはコミュニケーションだろ？」

じり、と慧が迫ってくる。

「ち、近いっ！」

晶はたまらず目をそらした。

ちらりと視線を戻せば、慧がにやにやしている。

見透かされているような悔しさを覚えながら、仕方なしに晶は口を開くのだ。

「慧さんは、それぞれが給料分の仕事さえしてくれればいいって言っていましたが、本当にそれでいいんですか？　私はやっぱり、皆で意見を出し合って、お互いの仕事を理解したり、協力しあったりしていくほうがいいと思うんです。だって、一緒に働く仲間なんですから」

「ここのスタッフは皆プロフェッショナルだ。門外漢が口を出せば、かえって現場を混乱させることになる」

「そうですが……でも、それだけじゃないと思います」

晶はまっすぐに慧を見返した。

「それぞれが、与えられた仕事をこなすことだけが目的でいいんでしょうか。私がどんなに完璧なケーキを作っても、新郎新婦を笑顔にできなければ意味がないように……お客様を喜ばせることが本当の目的なんじゃないでしょうか。協力し合えば、もっと素晴らしいサービスにつながるはずです」

「だから、コミュニケーションを取れって？」

「そうです……って、それどころじゃなかった！ 式をあげたばかりの花嫁が行方不明なんです。すぐに捜さないと、もう披露宴がはじまる時間なんです」

「川西様の件は聞いているが、俺が出ていくほどのことなのか？ 見てみろ、俺のデスクを」

気怠《けだる》そうに、慧は書類の山を指差す。

「仕事をこなすことだけが目的になってませんか？」

すかさず晶は訴えた。

「ああ、はいはい。分かったよ」

頭をがしがしとかいたあと、慧はため息をついた。

「で、どこを捜せばいいんだ？」

「厨房にはいませんでした。多分、他の皆も、目ぼしいところはだいたい捜しているはずですが……」

言いながら、ならばどこを捜すべきなのか晶も頭を悩ます。

「仕方ない、手当り次第捜すか」

慧は執務室を飛び出すと、階段を軽快に下りていった。

「ま、待ってください！」

晶も必死であとを追いかける。

一階に下り立つと、慧は階段脇にあるドアの前で立ち止まった。

「どうしたんですか？」

「これは……」

ドアの下に挟まった花びらを、慧が目ざとく見つける。

「バラか？」

抜き取った花びらを眺めながら、慧は言った。

「いえ、これはチューリップです」

艶のある白い花弁を見て、晶が答える。

ドアには〝BackSpace《バックスペース》〟の文字。この先には、スタッフルームや倉庫がある。

ゲストはもちろん、新郎新婦が近づく場所ではない。

「まるで、誘導されているみたいだな」

「誘導?」

「静かに」

音を立てないよう用心深く、慧は扉を開いた。

「あっ……」

思わず声を漏らした晶は、慌てて口元を押さえる。

慧の言葉通り、明かりのついた廊下の隅で、ウエディングドレスを着た女性がうずくまっていたからだ。

その手には、可憐《かれん》なチューリップのブーケ。

「だ、誰?」

二人に気づいた花嫁が、びくりとして顔をあげる。

声をかけるよう、慧が晶に視線で合図した。

「式場の者です。川西様ですよね?」

晶は慎重に訊ねる。

「まだ、川西じゃありません。籍は入れてないから」

不機嫌そうではあるが、彼女が新婦の莉緒で間違いないようだ。

それにしても、泣きはらしたように目は赤らみ、声はかすれている。

「失礼しました。ここは空調が効いておらず寒いでしょうから、向こうに行きませんか？」

晶は、肩が出たドレスの莉緒を気遣う。

「嫌、あいつのところになんか行きたくない！」

ところが莉緒は、強い口調ではねつけた。

慧は無言でジャケットを脱ぐと、晶へと渡す。

言わんとする事を察した晶は、ジャケットを莉緒の肩にかけた。

「ええと、とりあえず、これを羽織っておいてください」

莉緒は小声で「どうも」と言ったきり黙り込む。

「何とか説得してみます」

口元を手で隠しながら、晶は慧へと囁《ささや》いた。

「刺激しないほうがいい」

慧が顔をしかめる。

とはいえ、とっくに披露宴開始時刻を過ぎている。誰もが、新婦の身の安全を案じているはずだ。

「で、でも……」

晶の焦りを感じ取ったのだろう。

「ひとまず、水坂くんに連絡しとくか」

ポケットから慧がスマホを取り出す。

「誰も呼ばないで！」

慧の動きに気付いた莉緒が瞬時に叫んだ。

「はい。分かりました」

慧は言われた通りスマホをしまう。

張り詰めた空気の中で、とうとう「ううっ」と莉緒が嗚咽《おえつ》を漏らしはじめた。

「あ……」

咄嗟《とっさ》に一歩踏み出した晶の手を、慧がつかんで止める。

慧は首を横に振って行くなと指示するが、晶は納得できなかった。

「泣いているのに、放っておけません。披露宴だって……」

「余計なことはやめておけ。どうなったところで、こちらに非があるわけじゃない」

静かに慧は言った。

「そういうことじゃなくて……」

お客様の気持ちに寄り添わなければ、素敵な結婚式を作り上げることはできない。きっと、選ばれる式場にはなれない。

どうして伝わらないの？

晶が無力感を感じていると、ため息が聞こえてくる。

「はあ……言いたいことは分かってるよ」

慧はそう言うと、軽く咳払《せきばら》いをした。

「無理にお答えいただく必要はありませんが、式場の代表としてお聞きいたします。結婚式を途中で抜け出したのは、どういった理由からでしょうか？　私どもの不手際でしたらお詫《わ》びさせていただきます」

慧は努めて紳士的に、莉緒へと訊《たず》ねる。

「理由はケーキです」

待っていたかのように、莉緒はすぐさま返事をした。

「翔真《しょうま》が勝手に、ウエディングケーキを変更していたのが分かって。純白のドレスに純白のケーキを合わせるのが、私の夢だったのに。どうして、チョコレートケーキなのよ！」

忌々しげな表情で、莉緒はチューリップのブーケを揺らす。

「新郎が勝手にチョコレートケーキに？」

慧は訝《いぶか》しそうにしている。

「新郎は、余程チョコレートに思い入れがあったんでしょうね」

晶はフォローするつもりでそう言った。

「そんなわけありません。単にあいつがケチだからです。フルーツたっぷりの生クリームケーキより、チョコレートケーキのほうが安かったからです」

莉緒は不満をあらわにそう言った。

「私、愛されてなかったんだ。お金のほうが大事みたいだし」

「金銭感覚がしっかりしていらっしゃるんですね」

晶は苦し紛れに返す。

「プロポーズもノリだったんだ。どうせ出会いは居酒屋でナンパだし」

「ご友人を介して出会われたんですね」

ナンパは友人の紹介。合コンは食事会。マッチングアプリでの出会いは、共通の趣味を通してと言い換えるのが業界ルールらしい。

梅津から教わった通りに、晶は受け答えしたつもりだった。

「だから、ナンパだってば。結婚なんて見栄《みえ》だけで、私のことなんて本当はどうでもいいんだって」

莉緒は再び涙をにじませる。そこへ。

「どうでもいい相手とノリや見栄だけで結婚する人間なんて、ただの馬鹿だろ」

業を煮やしたように慧が言い、莉緒と晶は同時に目を丸くした。

刺激しないようにと言ったのは慧のはずだ。

「翔真が馬鹿ってこと？」

莉緒に睨《にら》まれたところで、慧が臆することはない。

「ひとつ屋根の下で暮らす相手なのに、どうでもいいわけないでしょう。きっかけがナンパであろうと一目惚《ひとめぼ》れであろうと、一緒にやっていけそうだという直感があったから、あなたを選んだんですよ。それに、育んでいく関係だってあります。元は他人なんだから、いくつか食い違いがあったとしても当然です。それでも相手を理解しようと努力して、さらに関係を深めていくのが夫婦なんじゃないですか」

慧にしては珍しく、感情論で語っている。

しかもさっきから、自分たちの話をされているような気がしないでもない。

晶が慧の心理を探っている途中で、

「言ってる意味、よく分からないんですけど」

莉緒がばっさりと切り捨てた。

「すみません。個人的な感想でした」

皮肉めいた笑みを浮かべながらも、慧は少しばかり傷ついたような顔をする。

「私は純白が良かっただけなのに……」

ふいに莉緒がつぶやき、晶は我に返った。

白いウエディングドレスには〝あなたの色に染まります〟という意味があると、梅津から教わっていたのを思い出す。

相手に染まるなんて、今の時代には似合わないけれど。

「ケーキなら……染められる」

思わず、晶の口からこぼれる。

「白いケーキ、すぐにご用意できま……」

晶が言いかけた時、激しい音をたててバックスペースのドアが開いた。

黒のタキシードに黒の蝶《ちょう》ネクタイをした新郎、川西翔真が鬼の形相でこちらへ向かってくる。

異様な雰囲気に、思わず晶と慧は目を見合わせた。

「お待ちください」

晶と莉緒を守るように、慧が廊下の中央に立ちはだかる。

「お前か、莉緒の元カレは！」

「えっ？」

事情を説明する間もなく、慧は翔真に胸ぐらをつかまれていた。

はち切れんばかりの筋肉がついた翔真の二の腕に、晶はぎょっとする。

莉緒が「翔真！」と叫んだ。

「俺はな、莉緒一筋なんだよ。あちこちの女の尻追っかけてるお前なんかに、莉緒は渡さないからな！」

「人違いです」

慧は冷静に訴えるが、興奮する翔真には届かない。

「今さらびびってんじゃねえよ！　花嫁奪い来て、ただで帰れると思ってんのかよ！」

「いや、だから……」

「うるせえ！」

振り上げられた拳を前にしても、慧が狼狽《うろた》えることはなかった。

その表情は、おとなしく殴られてやるかと、覚悟しているようにも見える。

とはいえ、相手は猛牛のような体格の男だ。

「やめてください！　その人は私の夫です−」

晶が叫んだところで、やはり翔真の耳には入っていないようである。

「うちの社長に、何するんですか！」

そこへあらわれる、意外な救世主。

メイク道具が入ったバッグを腰に付けた安藤《あんどう》が、ヘアブラシを翔真へと突きつけている。

その後方には、「新郎新婦発見しました」とインカムに告げる梅津がいた。

「しゃ、社長、大丈夫ですか？」

安藤の声は震えている。

「皆、俺のことはいいから下がって」

慧が追い払うような仕草をした。

「さっきから、ごちゃごちゃうるせえんだよ！」

体を翻した翔真が、スチール製の掃除用具入れに思いきりぶつかる。

すると、ぐらり、掃除用具入れが傾いた。

「危ない！」

慧の声は聞こえていたが、一瞬、何が起こったのか分からずに晶は固まってしまう。

「きゃあ！」

廊下に誰かの悲鳴が響いた。

掃除用具入れの中から、洗剤や手袋、モップなどがばらばらと落ちてくる。

「皆、大丈夫か？」

倒れかかった掃除用具入れを、慧が間一髪のところで受け止めた。

安藤と梅津は啞然《あぜん》としたままで、言葉を失《な》くしている。

「翔真やめてよ！　その人が私の元カレなわけないじゃん、馬鹿！」

ドレスの裾をつまんで、莉緒が立ち上がった。

莉緒に怒鳴られた翔真は、厳《いか》つい体を縮める。

「前に、写真見せたよね？」

莉緒は翔真に詰め寄った。

「そ、そうだったな」

翔真は慧をまじまじと見る。

「確かに、こんなイケメンじゃねえわ」

正気を取り戻した翔真は、慧を手伝って掃除用具入れを元の状態へと戻した。

「すみません。勘違いしてたみたいっす」

「誤解が解けて何よりです」

慧はシャツの埃《ほこり》を払いながら答えた。

その様子を見て、晶はへなへなと床へ座り込む。

「大丈夫か！」

片膝をついた慧が、晶を抱き寄せた。

「す、すみません。力が抜けちゃって……」

「いいよ。このまま俺に体を預けて」

晶は言われるがまま、慧の胸へと頭を付けた。

そこには、想像よりずっと逞《たくま》しい筋肉がある。

もしかして鍛えてる？

思った以上に頼りがいがある慧に、晶は気もそぞろになる。

　そんな晶の頭上へと、ふいに会話が振ってくる。

「今朝、見たんだよ。莉緒のスマホに、元カレからメッセージが届いてたの」

「二度と連絡するなって返して、すぐブロックしたし」

「そうだったんだ。俺、まだ二人が繋《つな》がってるのかと疑って……ごめん」

「浮気男に未練なんてあるわけないでしょ！　それから盗み見するな！」

　翔真の筋骨隆々な胸を、莉緒が素手で殴った。

「いてえ……それでも俺は莉緒が好きだ。はじめて会った時から、俺は莉緒一筋なんだよ。だからどこにも行かないでくれ」

　翔真が莉緒を抱きしめる。

「もう……馬鹿……」

　莉緒はまんざらでもない表情だ。

　晶の耳元で、「つまり、一目惚れだ」と慧が得意げに言った。

　自分たちのことを言われているわけではないのに、晶は妙にくすぐったい気持ちになる。

「あのー、そろそろ披露宴はじめませんか？」

　周囲に気遣いながら、梅津が遠慮がちに言うのだった。

　バンケットルームにある衝立《ついたて》の裏には、特別に川西家のパーティーを見守ることが許された晶と慧の姿があった。

「そろそろ、ケーキの登場ですね」

晶は、ごくりと息を呑《の》む。

料理長に頼み込んで何とか厨房《ちゅうぼう》を使わせてもらい、晶が急遽《きゅうきょ》手直ししたウエディングケーキがもうすぐやってくる。

うまくいきますようにと、晶は両手を胸の前で握りしめた。

「二組目だから、時間が押しても何とかなるか」

慧は腕時計にちらりと目をやった。

「社長、こんなところにいらしたんですか」

そこへ水坂がやってくる。

「水坂くん、君こそどこに行ってたんだ。こっちはけっこうピンチだったんだが」

少しばかり責めるような口調で、慧は言った。

「僕だって必死で捜していましたよ！　ただ途中で、チャペル装花まで持ち帰ろうとされていたゲストを見つけてしまい、そちらは式場負担の花ですよとお断りしていたら相手に粘られて……結局こんな時間に」

水坂もじゅうぶん疲れた顔である。

「社長を信じてついてきたのに、雑用ばかりだ」

さらに、ぶつぶつと愚痴が聞こえてきた。

「水坂くんがいてくれると心強いよ」

しかし、慧は悪びれる様子もなく言う。

「もう社長には騙《だま》されません」

「今日も送って帰ろうか？」

「今日も残業コースなんですか？」

言い合う二人を見て、晶はくすりとする。

「僕は仕事に戻りますが、社長は？」

「もう少し様子を見てからにするよ」

「分かりました。ああ、そうだ。社長の勇敢な姿、僕も見たかったです」

水坂のメガネの奥に敬慕するような瞳。

「なんだと？」

しかし慧は、不愉快そうに眉を顰めた。

「そ、それでは失礼します」

逃げるように水坂がその場を離れた途端、会場がいっそう華やかなBGMに包まれる。

いよいよウエディングケーキの登場だ。

新郎新婦である翔真と莉緒の前に、二段重ねのチョコレートクリームのケーキが運ばれてきた。ケーキには、赤い苺《いちご》が控えめにアクセントとして飾られている。

ケーキの横に添えられているのは、白い液体が入ったガラスの瓶。

「これから二人で、こちらのケーキを白く染めていただきます」

司会者が合図すると、二人とケーキにスポットライトが当たる。

「せーの」

翔真と莉緒は、白い液体の入った瓶をケーキの上で傾けた。

これがケーキ入刀に代わる、新郎新婦のはじめての共同作業になる。

白く染まっていくチョコレートケーキを眺めながら、

「あの白い液体は？」

　慧が晶に訊《たず》ねる。

「あれは、ホワイトチョコレートを使ったソースです。溶かしたホワイトチョコレートに温めた生クリームを加え、さらにバターやグルコースシロップを足して安定させた、チョコレートソースです」

「へえ、さすがケーキデザイナーだ」

からかうような慧の口調に、晶は唇を尖《とが》らせた。

それでも晶は満足していた。

ケーキを染める演出はカラードリップケーキと呼ばれている。

一般的には、白いケーキをベースにカラフルなフルーツソースやキャラメルソースを垂らすものが多い。ケーキ入刀やファーストバイトと同じく、結婚式では人気の演出だ。

晶は莉緒のために、ドリップケーキのアイデアを応用し、チョコレートケーキを白いケーキに変えたのだ。

「間に合って、良かった」

私への褒め言葉なんかいらない。

新郎新婦の笑顔さえあればじゅうぶんだと、改めて思う晶だが。

「甘々だな」

慧がうんざりしたように言う。

「そうですか？」

晶は少し不安になってきた。

ところが、華やかな演出はゲストたちには好評のようで、あちこちから歓声があがっている。

あっという間に、たっぷりのソースでケーキは真っ白に染まった。

純白のドレスを纏《まと》った莉緒は、幸せいっぱいの笑顔だ。

翔真は熱心に愛を語ったあと、莉緒の頬にキスをした。

「甘すぎるだろ」

隣では慧が頭を抱えていた。

どうやら、ケーキより新郎新婦のほうが甘いようだ。

白いソースは、蠟燭《ろうそく》の溶けたろうのようにとろとろと滴り続ける。

とめどない二人の愛を見ているようで、思わず晶は微笑《ほほえ》んだ。

「とりあえず、うまくいったか」

「ですね」

テーブルに飾られた白いチューリップが早春を告げる。

ライトの当たらないバンケットルームの片隅で、晶の心は光に満ちていくのだった。

無事に式場が一日の営業を終え、帰り支度を済ませた晶がオフィスから出ると、目の前に人が立っていた。

「きゃっ！」

「どうも」

コックコートを脱いでいたためすぐには分からなかったが、そこにいたのは調理担当スタッフの早瀬で、晶を待ち伏せしていたようである。

「お、お疲れ様です」

今度は何を言われるのだろうかと、晶は咄嗟《とっさ》に身構えた。

「ええと、川西様のケーキを任されたデザート担当の子が、ケーキが無駄にならなくて良かったって……言ってました」

まさか伝言を伝えに来たとは思わず、晶は面食らう。

「あっ、ああ。ケーキ、すごく美味《おい》しかったと聞きました」

「いや、だから、その、奥さん……じゃなくて、佐久本さんにお礼を」

「お礼だなんて、仕事ですから」

恐縮してそう言った晶だが、誤解させたのだろうか。

「まあ、そうだけど」

早瀬はぶすっとした表情で頭をかいている。

「水坂課長から、換気扇の修理も手配してもらったって聞いて」

「それはきっと、社長の指示です」

慧はどこにいるのだろうと、晶はロビーを見回した。

このまま早瀬と二人では気まずい。

早くあらわれてとばかりに、執務室に続く階段を見上げた。

「……俺、辞めようと思ってて」

思いがけない告白に、晶は早瀬を凝視する。

「辞めるって、ここの仕事を？」

「うん、まあ。予約はまばらで、潰れるって噂《うわさ》で、皆も段々やる気がなくなっていって。それで俺もやけになってて、佐久本さんに対してあんな態度取ったっていうか。本当にすみませんでした」

「謝らなくていいから！　辞めないで！」

咄嗟に晶は叫んでいた。

若くして、料理長の右腕となった早瀬だ。

手荒れ、火傷《やけど》の痕、帽子で潰れた髪も気にしない。それらは、早瀬が真面目に仕事をしてきた証《あかし》だった。

〝ブラン・マリエ・クラシーク東京〟にとって、早瀬がなくてはならない存在であることは、まだ勤めて日の浅い晶にだって分かる。

すると、早瀬は驚いたような顔をしていた。

「ああ、はい。今日で考えが変わったんで」

「え？」

「今日は挙式が二組入ってて、なのにいくつもトラブル重なって、馬鹿みたいに慌ただしくて。厨房のぴりっとした緊張感も久々だった。夢中になってるうちに一日が終わって……爽快感っていうのかな？　とにかく楽しかった」

早瀬は照れくさそうに笑う。

「佐久本さんのデコレーション技術にも刺激を受けた。味は知らないけど」

褒めながらも早瀬らしい嫌味も忘れない。

「味は……今度ぜひ試食してください」

しかし、嬉《うれ》しくなった晶は頬を緩ませた。

「失礼は詫《わ》びます。社長のこと、誤解していたかもしれません。明日からも頑張らせてください。よろしくお願いします」

早瀬は表情を引き締めると、晶へと深々と頭を下げる。

「わ、私は社長じゃないけど！　でも、こちらこそお願いします」

晶も慌ててお辞儀を返した。

意地悪な人だと思っていたけれど――

今日の清々《すがすが》しい早瀬の姿に、一日の疲れがすっと消えていくような気がするのだった。

二組の挙式を終え疲れているはずなのに、晶はなかなか眠る気になれなかった。

「噂には聞いていたが、これほど人を駄目にするとはな」

慧はこたつの天板に突っ伏している。一度足を突っ込むとなかなか抜け出せない、こたつの罠《わな》にはまってしまったようだ。

チューリップ柄のレトロなこたつカバーや渋い格子柄の半纏《はんてん》に、すっかり馴染《なじ》んだ慧を見て、晶は含み笑いをしてしまう。

「こたつは直《じき》に片付けますからご心配なく」

慧の真向かいが、すっかり晶の定位置となった。

珍しく晶は、慧が淹《い》れてくれたコーヒーを手にしている。

今夜は、コーヒーの力を借りて仕事をすすめよう。

じっくり香りを楽しんだあと、晶はコーヒーを口にした。

「美味しい……」

晶がうっとりしながら言うと、

「そう？」

慧が得意げな顔になる。

「はい。香りが豊かでコクがあって、だけど軽やかで飲みやすいですね」

「デカフェとは思えないだろ？」

「えっ？　カフェインレスだったんですか？」

そう言われると、苦味が少なめかもしれない。

晶はもう一度、コーヒーを口にする。

「夜にコーヒー飲むと眠れないって言ってたから」

「それで、わざわざ？」

マシンのそばに〝フェアトレード〟と印字されたコーヒー袋。

「わざわざってほどじゃない。行きつけのコーヒー店で自分の豆を選んでいて、たまたま目にしただけ」

何でもないことのように慧は言うが、晶の胸は騒がしくなる。

だとしても、コーヒー店で私のこと思い出してくれたんだ。

『相手を理解しようと努力して、さらに関係を深めていくのが夫婦なんじゃないですか』

ふいに、慧の言葉までも思い出された。

恋愛のことも結婚のこともよく分からない、でも――

もしも本当の夫婦だったなら、すごく嬉しい言葉なのかもしれない。

「慧さん、今日は泣いている新婦の話を聞いてくれてありがとうございました」

「たいして役に立てたとは思えないが」

「そんなことありませんよ。慧さんのおかげで、ケーキのこと聞き出せたんですから」

今日一日の慧の活躍は、目を見張るものがあった。

はじめて会ったときの印象とは、ずいぶん変わってきたな。

晶がそんなことをぼんやり思っていると。

「例の晶の受け売りだ。コミュニケーションが大事なんだろ」

案外素直な慧に、晶はにんまりしてしまう。

「何だよ？」

「何でもありません」

この調子なら、早瀬も謝ってくれたことだし、ブラン・マリエのこれからにも期待できそうだ。

嬉しくなった晶は、再びコーヒーを口にする。

「まあ、とにかく、色々と晶には助けられてるよ」

眠たくなってきたのか、慧が目をこすった。

「私、慧さんの助けになりました？」

「スタッフの皆が考えていること、何となく分かってきた」

「本当に？」

晶は身を乗り出した。

仕事の成果だけじゃなく、スタッフの心にも興味を持ってくれるようになった？

有能ではあるものの、性格に難ありのせいで親会社から出されてしまった御曹司にすれば、目覚ましい成長ではないか。

「スタッフとの距離を近づけてくれた、晶のおかげだよ」

「またまたあ。からかってます?」

「どうだかな」

とろんとした目で見つめられ、晶はなんとも言えない気持ちになる。

「次の休み、おばあさんのお見舞いに行くんだろ?」

「はい。残念ながら、手術はまた延期になったみたいですが」

風邪をひいて体力が落ちたため、祖母はまだ手術を受けられずにいる。

「暖かくなれば、おばあちゃんも……」

ふいに、晶の手に慧の指先が触れた。

「えっ?」

手を握られるのかと、晶はどきりとするが。

「焦ること、ない。きっとうまくいく……」

慧の瞼《まぶた》は、ゆっくりと閉じられていく。

「びっくりした。寝ちゃったか……」

きっと慧は晶を励まそうとしてくれたのだろう。

それにしても綺麗《きれい》な寝顔だ。

やがて寝息を立てはじめる慧に、晶は思わず微笑む。

これって母性なのかな？

抱きしめてやりたいような気持ちになり、「まさかね」と肩をすくめる晶だった。

＊＊＊

その日の朝、親会社での会議や出張が続いた慧と、晶は久しぶりに一緒に出勤することになった。

「おはようございます！」

出社したばかりの慧のもとへ、一目散に走り寄ってきたのは安藤だ。

「あの時の社長、本当に素敵でした！」

それまでとは打って変わって、安藤の瞳はきらきらとしている。

川西家のトラブルに奔走して以来、慧の株は爆上がりだ。

「それ、この前も言ってなかった？」

慧は、若干引き気味で答える。

「だって、本当にかっこよかったんですもん。今さらではありますが、皆で社長の歓迎会をしようって話になってて、良かったら……」

「悪いけど、遠慮しておくよ。晶、ちょっと」

慧は言いながら、隣に立つ晶の肩を抱き寄せた。

「プライベートな時間は全部、妻との時間に使いたいんだ。気持ちだけいただきます。ありがとう」

慧の精一杯の作り笑顔はどこかぎこちない。

しかし、本当に歓迎会が開かれ、慧が女性スタッフに囲まれることになっては大変だ。

慧に合わせて、晶もにこやかな表情を浮かべておいた。

「結婚式場の社長が愛妻家って、イメージが良《い》いですよねえ」

安藤は「羨ましい」と、晶にも心からの笑顔を向けてきた。

「それじゃ、私はそろそろ」

いたたまれなくなってきた晶は、慧の腕から逃れるようにオフィスへと向かう。

「あの時は心臓が縮み上がったけど……」

今さらながら、勘違いした新郎が慧につかみかかった時のことを振り返り、晶は身震いしそうになる。

「本当に、丸くおさまって良かった」

あの一件から、慧に対する周囲の態度ががらりと変わったのは言うまでもない。

危機的状況にも怯《ひる》むことなく勇敢だった。落ち着いていて大人の振る舞いだった。

身を挺《てい》してスタッフを守ってくれた——などと、揃《そろ》って皆が慧のことを口々に褒めそやした。

梅津が言っていた通り、慧の隠れファンはいたようで、そこから火が付き、慧の人気はますます高まっている。

また、臨機応変にウエディングケーキをアレンジして新婦の希望を叶《かな》えた晶も、厨房《ちゅうぼう》スタッフの信頼を得ることができたようだ。

「一歩前進かな？」

このままスタッフ一丸となれたら、きっとフェアもうまくいくはず。

「だけど、予算がないのは変わらないか」

現場を知らない親会社にすれば、判断材料は実績しかない。

今のままでは、親会社の意向は変わらないだろう。

慧の考えるように、まずはどうにかフェアを成功させて売上を回復するしかない。

「少ない予算でたくさんの人を呼べるフェアにするには」

頭を悩ませながら、晶はオフィスのドアを開いた。

「おはようござ……」

挨拶をしようとしたが、水坂は電話中、梅津はまだ出社していないようである。

「さて、どうしたものか」

そのまま晶はデスクに腰を下ろすと、鞄《かばん》から取り出したスケッチブックを開いた。

ウエディングケーキに飾る花をイメージした、バラ、マーガレット、パンジーなどの季節の花が描かれている。

予算をどう抑えるかが問題とはいえ、やはりケーキの質を落とすことはできない。

「だったら、会場の装飾を控えるとか？」

晶は引き出しからテーブルコーディネートのカタログを取り出すと、ぱらぱらとめくっていった。

テーブルクロスからはじまり、ナプキンや椅子カバーまで、様々な色やデザインが揃っている。

どれも素敵なものばかりで、目移りしてしまいそうだ。

「だけど、この中から選ぶの？」

テーマカラーだけでも、王道のスノーホワイト、可愛《かわい》い系のベビーピンク、流行《はや》りのラベンダー、大人っぽいシャンパンゴールドと多数ある。

晶たちの結婚式では、〝ドライフラワーと生花のミックス〟というブーケのイメージを伝えただけで、あとはプランナーの梅津に丸投げだった。

ドライのパンパスグラスと、新鮮なラナンキュラスのブーケは綺麗だったな。

ブーケのイメージに合わせた装花やテーブルリネンは、ナチュラルでありながらも品があり、まだ記憶の中できらめいている。

夢のような時間を思い出しながら、やはり会場の装飾を貧相にするわけにはいかないと思い直す晶だった。

「困ったな」

そこで、電話を終えた水坂が大きなため息をつく。

「どうかしましたか？」

「梅津さん、お子さんを病院に連れて行くそうで、今日お休みすることになりました」

「それは心配ですね」

晶は子供の容態を気にしていたが。

「本当に心配です。ブライダルフェアの準備が間に合うのかどうか……梅津さん頼みなのに」

正直すぎる水坂は仕事の進捗を心配していた。

「頼りないでしょうが、私が梅津さんの分も頑張りますから」

「ぜひともお願いします。梅津さんはプランナーの仕事も詰まってますから。ただでさえ繁忙期ですし」

晶は壁にかかったカレンダーを眺める。

「そうですよね。春は結婚式シーズンだし、ジューンブライドの六月もやってくるし」

すかさず水坂が、「そうじゃないんですよねえ」と訳知り顔で言った。

「実は、六月の挙式はさほど人気とはいえません。日本では梅雨の時期ですし、そもそもジューンブライドはヨーロッパの言い伝えですからね。日本では、気候の良い春と秋に挙式されるカップルが多めです。特に十月と十一月」

「ええっ、意外」

確かに、しとしと雨が降る中での結婚式は大変かもしれない。

「繁忙期とはいえ、ブライダル業界は厳しいです。少子化とか晩婚化とか」

水坂がメガネのブリッジを人差し指であげた。

興味深い話がはじまるようだと、晶は耳を傾ける。

「昨今の社会情勢で二兆円超の市場規模はいったん半分ほどに減り、少しずつ回復しているところではありますが」

水坂は式場のパンフレットを取り出した。

「だからこそ、あの手この手を打ち出しているんです。たとえば〝おめでた婚〟ではマタニティ用ドレスのご用意がありますし、挙式まで三ヶ月やそこらの短期間でも準備が可能です。また、今や〝おめでた婚〟に限らずリモートでの打ち合わせも可能です。このご時世で少人数のパーティーが増えていますが、そのぶんゲスト一人にかける費用は上がっています。時代は変われど人との繋《つな》がりは変わらない。それどころか、大切さが増していっているってことじゃないでしょうか」

「ほお、なるほど」

水坂の話に晶は何度も頷《うなず》いた。

「一方で〝なし婚〟派のカップルには、役所に婚姻届を提出するついでにあげられる、〝届け出挙式〟という十数分程度の簡易的な式もあるようです。その辺は、うちもフォトウエディングで対応していますよね。要は、時代に合わせていくことが、業界を盛り上げる鍵ってことですね。どなたにとっても人生における大事なイベントですからね。思い出深い挙式にしていただくため、最善を尽くす努力がより求められていると思います」

「へえ、すごい」

晶は心底感心していた。

仕事に対して不満だらけの水坂にも、しっかりと熱い思いがある。

その事実が嬉《うれ》しくもあり励みにもなった。

「ちゃんと聞いてました？　まあ、いいや」

水坂は気持ちを切り替えるようにパンフレットを閉じ、パソコンへと視線を落とす。

「私ももっと頑張りますね。力を合わせて、一組でも多くのカップルに素敵な挙式をあげていただきましょう」

水坂へとアピールするように、晶はガッツポーズをした。

残業で疲れた体を湯船で癒やせば、時刻はすでに二十一時。

晶はスマホを手に脱衣所を出ると、

「ああ、いいお湯だった」

ゆうゆうと居間までやってきた。

髪はしっかり乾かした。すっぴんもいちご柄のルームウェアも今さら気にしない。ところが。

「えっ！　どういうこと？」

長押《なげし》にずらりとかかった洗濯物に、晶は目を丸くする。

タオルにシャツに下着まで、どれも晶のものばかりだった。

「おかえり。残業お疲れさま」

慧は優雅にコーヒーカップをかかげる。

「これ、慧さんが洗濯したんですか？」

「言いたいことは分かってる。ちゃんと風呂の残り湯を使ったから問題ない」

「問題ありますよ！　だってこれ、私の……」

「何を怒ってる？　先に帰れというから、大人しく先に帰って洗濯までしておいたのに」

「いやいや、おかしいですよね？　私、洗濯なんて頼んでません」

晶は慌てて下着をピンチハンガーから取ると、ルームウェアを持ち上げ、お腹《なか》の部分に隠した。

「共働き夫婦の家事は協力しあうものだと聞いたが」

「誰に？」

「ヘアメイクの安藤さんに」

真顔で言う慧に、「ああ、もう」と晶は諦めの境地に至る。

「とにかく、私たちは普通の夫婦とは違うので、私の下着には触らないでください」

そこまで伝えてやっと、慧は晶が怒っている理由に気づいたようだった。

「悪かった。ついでだし、晶も助かるかと……はじめての洗濯に、うっかり夢中になったというのもあるが」

晶は慧を軽く睨《にら》みながら、「それにしては……」と思う。

はじめてにしては、シャツのシワはしっかり伸びているし、タオルも乾きやすいよう蛇腹に干してある。

「上手に干せてますね」

「そのくらい調べればすぐに分かるよ。それより、腹減ってない？」

「そう言えば、夕方から何も食べてませんでした」

空腹に気付いた途端、力がなくなってくる。

「ちょうど良かった。座って待ってて」

言われるがまま、晶はよろよろしながらこたつに入った。

「ああ、お腹すいた……」

しばらくすると、慧は湯気の立ち上るスープカップを運んできた。

「ブロッコリーのポタージュスープ。もちろん茎まで使ったさ」

誇らしげに言い、晶の前に置く。

「わあ……綺麗《きれい》！　慧さんがこれを？」

スープは鮮やかな緑色をしていた。

それだけで、手間ひまかけたものだとすぐに分かる。

煮込みすぎれば色は悪くなる。おそらく、葉と茎の部分を別々に煮たのだろう。

「スープなら、この時間でも体に優しいだろ」

「お、美味《おい》しそう……です」

感激して、うまく言葉にならない。

「どうぞ、召し上がれ」

「いただきます」

なめらかな舌触りと牛乳の風味は、一瞬で晶をスープの虜《とりこ》にした。

レストランのような極上の味ではないけれど、家庭的で温《ぬく》もりのある味だ。

はじめて食べたのに懐かしい――

晶は一匙《さじ》つつ大切にスープを掬《すく》う。

コンソメが利いていながら、ブロッコリーの味もしっかり残っている。

とろりと喉を通っていく感触も最高だった。

「すごく、美味しい」

「よしよし。プロをも唸《うな》らせる味か」

「そこまで褒めてませんけど」

庶民の生活を楽しむ慧が愉快で、晶はくすりと笑った。

「はじめて作ったにしては上出来だろ」

「料理もはじめて？　慧さん、家事のセンスが良すぎますよ」

「調べればできるだろ、誰だって」

「そんなわけな……」

晶はふと思う。

できるわけないというのは、ただの思い込み？

予算がなければ立派なフェアは本当にできない？

「どうした？　もしかしてフェアのこと？」

慧は仕事のことになると勘がいい。

「はい。もちろん、私の一番の仕事はケーキを作ることですが、せっかく企画から携わることになったので、たくさんの人にフェアに来ていただけるような工夫を他にも考えたくて。とはいえ予算を考えれば、できることも限られる。ケーキの質は落としたくないけど、会場の装飾だって豪華にしたい。ポスターやフライヤーもプロにデザインしてもらいたい。そこへさらなるアイデアとなると、なかなか思い浮かばなくて」

「それはさ……」

慧はしばし考えて、立ち上がった。

「これは話が長くなりそうだな。つまり、アルコールがいる」

それから台所へ向かうと、ごそごそしながら「ないな、ない」とぶつぶつ言っている。

「これ、飲んでい？　他に酒がなかったから」

しばらくして、慧がソーダ水と製菓用のキルシュを手に戻ってきた。たっぷりの氷が入ったグラスも。

「別にかまいませんけど、お酒として飲んだことはないので美味しいかどうかは」

「良《い》い香りがするから、いけるんじゃないか」

キルシュはさくらんぼを発酵・蒸留して作るブランデーで、良い香りの正体はさくらんぼの香りである。

「けっこう強いな」

キルシュのソーダ割りを一口喉に流し込んだあと、慧は渋い顔をした。

「アルコール度数四十度もありますよ」

「もう少し薄めるか」

慧は苦笑しながら、ソーダをさらに注ぐ。

「大丈夫、自分の限度は知ってるから」

無茶しないところが大人だと、晶は妙なところに感心してしまった。

「ところで、さっきの話の続き。潤沢な予算があれば、それはそれは豪華なフェアになるだろうな。もちろん、人を集める工夫は必要だ。だから、フェアの目玉として晶にケーキを作ってもらうことにしたんだ。しかし、そこから成約に結びつけるための決め手とはならないだろうな。なぜなら、ケーキひとつとっても、その裏側にある思いは千差万別だからだ。価値や感動は人によって違う。土屋様や川西様を見ていて、そのことに気づいたよ」

「確かに、カップルごとに結婚式に求めているものって違う気がします」

晶もしみじみと思う。

土屋夫妻は新しい絆《きずな》を求め、川西夫妻は確固たる愛を求めていた。

「求めているものが事前に分かればいいけれど、本人たちさえ気付いていない潜在化したニーズだからな」

慧はグラスの中の氷を転がしていた。

「潜在化したニーズ？」

すると、慧が晶の胸の辺りを指差す。

「晶の心を動かしたものは何だった？　華やかなドレス？　贅沢《ぜいたく》な料理？」

晶は左右に首を振った。

「おばあちゃんが披露宴に参加できたことが、何より嬉しかった……」

祖母が喜んでくれたから、会場を埋め尽くす花もきらめくシャンデリアも、すべてが美しく見えた。思い出すだけで、ほんのり瞼《まぶた》が熱くなる。

「それが、潜在化したニーズ。俺は晶の事情を知っていたから、そのニーズに応えることができたんだ」

「あの感動の裏に、そんな仕掛けが……」

慧が探り出してくれなければ、実現しなかったはずだ。

晶はそれまで、披露宴にリモート参加できる方法があることすら知らなかったのだから。

「潜在化したニーズ……難しそうだけど、考える価値はあると思います」

「ブラン・マリエを潜在化したニーズにも対応できる、誰にとっても夢のある結婚式場にできたら……継続できるのかもしれないな」

熱っぽく語る慧に、次第に引き込まれていく。

「本当ですか？」

晶は畳の上を這《は》って慧に詰め寄った。

「いや、まだ決まったわけじゃない。可能性の話だ」

急に慧は及び腰になる。

「なーんだ。期待して損した」

晶はがっかりして膝を抱いた。

「だから、可能性はあるって言ってるじゃないか。潜在化したニーズ、考える価値があるんだろ？　俺たちの偽物の結婚じゃ参考にならないから、これまでの経験から導き出せよ」

「結婚のことなんて私に分かるわけないじゃないですか。恋愛もまともにしたことないのに」

開き直る晶へと、慧が探るような視線を向けてきた。

「まったく何もなかったわけじゃないだろ？」

「恋愛どころじゃなかったんです。学生時代はお菓子作りに夢中で、パティシエになってからも勤めていた店が潰れたり、なかなか再就職先が見つからなかったりして」

振り返れば、何とも味気ない青春だ。

それでも夢があったから、両親を亡くした寂しさを乗り越えられた。

「ああ、そう言えば高校時代、雨の日に傘を貸してくれた先輩のことをちょっといいなと思って、バレンタインにチョコレートを作ったんですが渡せずじまいでした」

恥ずかしくなって、晶は口元を隠す。

「傘ねえ……ところでまさか、それだけ？　他にもあるよな？」

慧は疑うような視線を向けてきた。

「婚活するつもりでマッチングアプリをダウンロードしましたが、プロフィールすら入力してません」

晶の言うことにひとつも嘘《うそ》はない。

「警戒心のなさは、経験がないせいか」

「警戒心持ったほうがいいですか？」

「そりゃ、多少は」

「経験がないといけませんか？」

「それは……」

言いたいことは分かっている。

二十七歳という年齢にしては、乏しい恋愛経験に未熟な恋愛観だろう。

だけど、これが私だから——晶は口を引き結ぶ。

「別に、どっちでも……」

二人の視線が絡み合い、沈黙の時間が流れる。

そうだ、慧がどう思おうが関係ないはずだ。

なのに、気になってしまうのはどうしてだろう。

晶は慧から目をそらせずに、困ってしまう。

「俺が決めることじゃないだろ」

根負けしたかのように、慧のほうが先に視線を外した。

「……俺だって、人にどうこう意見できるような恋愛してきてない」

慧が二杯目のキルシュのソーダ割りを口にする。

「体質のせいで？」

「症状が出る前から」

「モテそうなのに」

「モテるよ」

慧がにやりとし、晶は「でしょうね」と呆《あき》れながらも相槌《あいづち》を打った。

そこだけは否定できない。毎日同じ顔を見ているのに、未《いま》だに素敵だと思わない日はないからだ。

「だからって、外見だけで言い寄られてもこっちは迷惑。思ったのと違った、そんな人だとは思わなかった、しまいには顔はいいけど性格はクソだって罵られたからな」

慧ががっくりと肩を落とす。

「クソって……いったいどんな相手とおつきあいされていたんですか」

「最初は、大人しい子だなと思ってつきあってたけど。だんだんと、自分に興味がないのか、冷たすぎるってヒートアップしてきて。俺の性格は元からこうだから、嫌なら別ればいいだろって言い返したら、クソだってさ」

「それは……お互いにキツイですね」

「別にクソでも何でもいいよ。最初からいつかは別れる相手だったんだし」

「そんな……もしかしたら、その彼女と結婚していたかもしれないじゃないですか」

「ありえないな。こういう状況でなければ、結婚なんてしていない」

慧は以前、一生結婚しない理由は体質のせいではないと言っていた。

だったら、本当の理由は何なのだろう？

「何か理由があるんですか？　結婚しない理由」

「結婚にいいイメージがないから。愛情なんてそう長続きするもんじゃないし」

「そんなことありませんよ。関係性にもよるんじゃないですか？」

晶にすれば、公正な意見のつもりだった。百組のカップルがいれば、百通りの愛の形があるはずだ。

「さあな。もういいだろ」

しかし、慧は冷めた態度である。

さすがに、これ以上は踏み込めそうにない。

晶は気を取り直して、フェアのことに頭を切り替えた。

「と、とにかく、こんな私たちが結婚式に対するニーズを探すのって、難易度高くないですか？」

「確かに。顧客側から見た結婚式のこと、今ひとつ分かってないな」

そこで晶はひらめく。

「でも……案外、皆分かってないんじゃ？」

「分かってないって？」

「結婚式のことまだ何も分かっていない人にも、フェアに来ていただくっていうのはどうでしょう？　結婚式がどんなものかを知れば、将来の選択肢に入るんじゃないですか？」

「なるほど。潜在化した見込み客ってことか」

「例えば、こういうのどう……わっ！」

いきなり頭上で大きな音がして、晶は思わず身を縮めた。

「晶、こっち！」

強く腕を引かれ、頭を守るように抱き寄せられる。

ふわりと鼻をかすめるのはキルシュの甘い香り。

「何だ？　天井裏どうなってるんだ？」

晶は答えられずにもぞもぞとうごめいた。慧の胸に顔が押し付けられているせいで、声が出せない。

「……うはっ！」

やっとの思いで顔をあげると、慧の唇が目に入った。

ここまで至近距離で慧さんを見たのは、結婚式以来かもしれない――

晶はつい、そんなことを考える。

心臓は躍りまくっているのに、頭はやけに冷静だ。

形の良い唇《い》の輪郭を、無意識に目で辿《たど》ってしまった。

「どたどた何かが走り回ってるけど、天井抜けないか？」

心配そうに天井を見つめる慧。

「ときどき野良猫が天井裏に忍び込むんです……」

晶は恐縮しながら答えた。

「何だ、野良猫か」

忌々しそうな慧に、晶は思わず笑ってしまう。

「何、笑ってんだよ？」

「笑ってました？」

晶はすぐさま表情を引き締めるが。
　慧の手が回された後頭部がくすぐったくて、どうにも落ち着かなかった。
　なかなか離してくれないのは、酔っているせいだろうか。
　人の温《ぬく》もりがこんなに心地よいなんて――
　感情が溶けて、晶まで酔ってしまいそうになる。
　するといきなり両肩を押され、一方的に体が引き剝がされた。
「さて、寝るか」
　慧はぶっきらぼうに言うと、何事もなかったように立ち上がる。
「は、はい」
　しかし晶は、ぺたんと座り込んだままで動けずにいた。
　おかしい。心臓がまだどきどきしている。
　空のスープカップとグラスを流しへ運ぶ慧の背中を、晶はじっと見つめる。
　私は妹じゃないって、ちゃんと分かってるよね？
　強いお酒でもないと、どうにも眠れそうにないと思う晶だった。

第四章　ダリア

話の続きはブライダルフェアのひと月半前からはじまる。

三月の中旬、桜の花が綻び景色が春一色になる頃。

「一週間もお休みしちゃって、ご迷惑おかけしました」

梅津《うめづ》は出勤してくるなり、ぺこりと頭を下げた。

「いえいえ、こちらは何事もなく順調ですからご安心を。それより、お子さんの具合は？」

晶《あきら》の言葉を聞き、梅津が明るい表情になる。

「結膜炎で登園停止でしたが、すっかり回復しました。それどころか、お休み中も元気を持て余して家の中を走り回ってたくらいで」

困ったように笑う梅津は、母親の顔をしていた。

「良かった。水坂《みずさか》課長もさすがに心配してましたよ」

最初は仕事のことばかりを気にしていた水坂だが、梅津の欠勤が続くうち「お子さん、大丈夫かな」と口にするようになっていた。

「その水坂課長はどこに？」

「さっき内線を受けて飛び出ていきましたが、どこ行ったんだろ？」

晶は首をひねる。

「じゃあ、フェアの企画は私たちで進めていきましょうか。ウエディングケーキは社長の立案通り、誕生花ケーキ十二台でいけそうですか？」

梅津は席に着くなりノートPCを開いた。

「ケーキの予算も削れそうな部分を見つけました。それと、他に思いついたアイデアがあって。これなんですけど」

引き出しから取り出した企画書を梅津へと渡す。

企画書といってもメモ書きのようなものだ。

しかし梅津は、熱心に見入っていた。

「覗《のぞ》き見《み》フェア？　面白そう」

反応がいい梅津に、晶も自信が出てくる。

「結婚が決まってない人、結婚式のことが何も分からない人でも参加できる日を、フェア期間中に一日設けるつもりです。カップルだけじゃなく、家族とでも友達とでも、もちろん一人でも気軽に参加できるので、覗き見フェアなんです。成約は重視せずに、まずは結婚式を知ってもらうことからはじめる、初心者向けのフェアです」

「これまでにない方向性で面白いかも。それで、水坂課長は？」

「なんと、水坂課長にも了承を得ています」

晶は胸を張った。

「でしたら問題ありませんね。個人的にも、すごくいいアイデアだと思います」

梅津が目を輝かせる。

「今や、空想の恋人や二次元の推しと挙式をあげたいという希望もありますし、結婚式の概念も変わってきていますからね。ウエディングフェアも画一的なものだけじゃなく、多様化すべきなんですよね。さすが佐久本《さくもと》さん。ブラン・マリエに新風を巻き起こしそう」

感心したように何度も梅津は頷《うなず》いた。

「梅津さんや水坂課長、スタッフの皆さんと仕事をする中で生まれたアイデアですから」

そして最も多くのヒントをくれたのは、慧《けい》であり、慧との結婚生活だった。

「良かったらケーキのデザインも見てもらえますか？」

晶がスケッチブックを開いた時。

「佐久本さん、大変です！　社長が！」

勢いよく水坂が飛び込んでくる。

「何があったんですか？」

水坂の青ざめた顔色を見て、晶の背筋もすっと冷たくなっていくのだった。

「慧さん、大丈夫ですか！」

晶が執務室に駆け込むと、ソファに横たわる慧の姿があった。

ネクタイは緩められ、ワイシャツのボタンは外されて、だらんと脚が投げ出されている。スーツのジャケットは、ソファの背もたれに雑に掛けられていた。

慧の視線が晶を捉える。

どうやら意識はあるようだ。

「……ああ、薬は飲んだから、そろそろ落ち着くはずだ」

額からだらだらと滴る汗。

心因性の症状で苦しんだのだと分かる。

「慧さんが倒れたって水坂課長から聞いて、びっくりして飛んで来ました」

晶はハンカチで慧の額を拭ってやった。

「すぐにおさまるとは言ったんだが」

慧は苦笑する。

「私が差し出がましいことをしたせいで」

晶が声のするほうに目をやると、心配そうな顔で女性が立ち尽くしていた。

「従業員の方がちょうどドアの外にいらっしゃったので、慌てて声を掛けたんです」

オフショルダーの白いトップスを着た、モデル並みにスタイルの良い女性だった。

「あっ……」

よくよく見れば女性の顔に見覚えがある。

「もしかして、清水《しみず》サリさんですか？」

「はじめまして。慧さんの奥様ですよね？」

女性は、間違いなく清水サリ本人だった。

憧れの、元モデルの元ニューヨーカー、SNS発の大人気パティシエが目の前にいる。

まさかこんな場所で出会えるとは思わなかった。

でも、なぜ、ここに？

晶はこの状況が呑《の》み込めない。

慧さん？

親しげな呼び方にも違和感がある。

サリと慧が顔見知りだとは聞いたことがない。

「は、はじめまして。ええと、じゃあ、清水さんと二人の時にあの症状が？」

晶は図らずも狼狽《うろた》えてしまった。

二人が一緒の時に症状が出たということは、サリと慧が触れあったことになる。

「いったい、何が？」

テーブルの上には、切り分けられた美しいケーキ。

見事なデコレーションはもちろん、断面美も申し分ない。

普段の品なら感動すら覚えるサリのケーキなのに、なぜかもやもやしてしまった。

「試食のケーキを渡そうとして立ち上がった時、私がよろめいてしまったんです。慧さんが支えてくださったんですが、それから苦しそうにされて」

華奢《きゃしゃ》なピンヒールのパンプスは、サリの細くしなやかな脚にとても似合っている。

しかし、それが災いして、絨毯《じゅうたん》に足を取られてしまったようだ。

「ケーキは召し上がっていらっしゃいませんし、アレルギーだとは考えにくいのですが。でもやっぱり、私のせいでしょうか」

責任を感じているのか、サリは唇を震わせる。

「……い、いや。あなたのせいじゃありません。アレルギーみたいなものなんですが、原因は食べ物じゃなくて。実は、女性アレルギーなんです」

慧は言いにくそうにしながらも事情を説明した。症状は随分と落ち着いてきたようだ。

「女性アレルギー？」

サリは目を見張った。

「女性の体に触れると、異常な発汗や息苦しさを起こす体質なんです」

慧は汗を拭いながら体を起こし、ソファに座り直す。

「ここだけの話にしていただけますか」

そして、強めの口調でそう告げた。

「もちろん、口外はしません」

サリは一瞬戸惑いを見せたが、すぐに表情を引き締めた。

「今日は、忙しいところをありがとうございました」

慌ただしく話を切り上げると、慧は晶を呼ぶ。

「俺の代わりに、清水さんを見送ってくれないか。俺はしばらく休んでおくよ」

ひどく疲れた様子の慧には、これ以上何も聞けそうにない。

「分かりました」

慧を一人残し、晶はサリと共に執務室を出た。

水坂に承諾を得た晶は、サリとカフェラウンジへ移動した。

サリから、折り入って話があると言われたためだ。

「お仕事中にすみません。奥様にお聞きしたいことがあって」

カモミールティーのカップを持ち上げる仕草ひとつをとっても、サリは美しかった。

窓ガラスの向こうには、晴れた空と東京湾。

平日の式場はのんびりしており、カフェも客の少ない時間帯だった。

「奥様もパティシエなんですよね」

サリの鋭い視線が突き刺さる。

「は、はい」

ただでさえ緊張している晶は、重圧感に声を上ずらせた。

「ケーキデザイナーとして独立しましたが、今は式場の仕事を手伝っています」

「私のこともご存じだって、さっき慧さんから伺いました」

「もちろん、知っています」

サリのことなら何でも知っている。

渡米したあと製菓学校で学び、格付けガイドブックに載るような名店で働いていたことも、彼女の信条が〝異端であることを恐れない〟だということも。

「実は今日、営業に来たんです。私にウエディングケーキを作らせてくださいって。今さらお恥ずかしいですが」

「ええっ、本当ですか？　サリさんみたいなお忙しい人が？」

「本当です。残念ながら、お断りされましたけど。慧さんから、奥様がフェアのケーキを作ると説明を受けました」

「あの……慧さん……夫とは以前から？」

すると急に、サリが挑発的な表情になる。

「慧さんから依頼があったと知った時、これは運命だと思いました」

「それはどう いう?」

「慧さんに、ニューヨークで助けていただいたことがあるんです。当時は名前も聞かずに別れてしまったけど、偶然SNSでお顔を拝見して、あの時の方だとすぐに気づきました」

晶は心が波立つのを感じていた。

サリは晶の知らない慧を知っている。

「雨のマンハッタンで途方に暮れていた私に、慧さんが傘を差し掛けてくれたんです」

晶の脳裏にふわりと浮かぶ光景。

広々とした直線的な道路と立ち並ぶ高層ビル。

雨に濡《ぬ》れる日本人の女性へと、自分の傘を差し出す慧の姿。

二人の姿が、映画のワンシーンのように想像できてしまった。

「その頃の私は自分の英語に自信がなくて、道を聞くことすらできなかったんです。そんな見ず知らずの私のために、慧さんがわざわざ運転手に行き先を告げてタクシーに乗せてくれました。その時教えてくださったんです。日本人みたいに察してはくれない。ここでは、声をあげなければ誰も助けてくれないと」

「そんなことが」

「あの時言葉をかけてもらえなかったら、私はきっと日本に逃げ帰っていました」

サリが懐かしそうな目をした。

「だから、今の私があるのは慧さんのおかげみたいなものです。日本に戻ると決めた時、もう二度と会うことはないだろうと諦めたのに。それがまさか、慧さんが私を訪ねてくださっていたなんて。新規の案件はすべて断るよう言っていたので、ここに辿《たど》り着くのが随分遅くなってしまったけど」

サリの声が弾めば弾むほど、晶は身の置き場がなくなっていった。

私はそんな慧さんを知らない――

晶は、二人の過去に疎外感を感じてしまう。

「少し調べさせていただいたんですが、こちらの式場の経営状況はあまり芳しくないようですね。慧さんが幸せだったら、顔を見てすぐに帰るつもりでした。だけど、さっきの症状を見て、余計に心配になっています。いつ発症されたんですか？　何が原因なんですか？　良かったら教えていただけませんか？　もちろん誰にも言いません」

「あの……その……」

「私が信用できませんか？」

「そんな！　私はサリさんの大ファンで」

晶は焦って否定するが、サリは不満げな表情だ。

「私、何も知らないんです」

　サリを傷つけまいと、晶は正直に告げる。

「何も知らないって、自分の夫のことなのに？　私だったら、夫のことは何でも知りたいと思いますけど」

　しかし、サリは余計に不信感を抱いたようだった。

「私に対してだけは、慧さんの症状が出なくて……」

「だからって、治そうとはしないんですか？　ここのスタッフは特に女性が多いようですし、今日のようなことがたびたび起こっていたら、仕事にも差し支えるのでは？」

　晶は自分が責められているような気持ちになり、言いたいことも言えなくなる。

「慧さんも私と同じように、言葉の壁にぶつかり文化の違いに戸惑い、それでも目的のために試練をくぐり抜けてきた人だと思っています。こんなところで駄目になってほしくない。私は彼の事業のために力を貸したいと考えてここに来ました」

「フェアのパティシエのことですよね？　それは私が……」

「ウエディングケーキを作るだけじゃありません。フェアに協賛させていただければと思っています」

　サリが資金をも提供すると口にしたことに、晶は激しく動揺した。

　少ない予算でやりくりしようとしている側からすれば、飛びつきたいような申し出だ。

「奥様から慧さんに助言していただくことはできませんか？　ここは個人的な立場よりビジネスを優先すべきじゃないでしょうか？」

暗にサリは、身内だからと優遇されているだけで、実力もない晶を起用すべきではないと言いたいのだ。

確かに、慧のビジネスパートナーとしてふさわしいのは、サリのほうかもしれない。

晶はいつになく、譲れないケーキのことで弱気になっていた。

「慧さんは、サリさんのケーキの素晴らしさを理解していると思います。もともと、サリさんのケーキで今回のフェアを企画していたので」

自分が間に合わせの立場であることを、晶はじゅうぶんに理解している。

だとしても——

叶《かな》えたい夢のために、慧の熱意を一度は信じたのだから。

「でも、まだ私……」

「でしたら、奥様も協力していただけますよね？」

「そ、それは……少し考えさせてください」

自信に満ち溢《あふ》れたサリの前で、晶の強い決意が揺らぎはじめる。

「良《い》いお返事をお待ちしています」

サリは晶の目の前にそっと名刺を置いた。

その夜、珍しく居間に慧の姿はなかった。

日中に症状が出たせいか、早々と布団に入ったようだ。

「帰りの車では元気だったし、もう大丈夫だよね」

慧を心配しながら居間を出て、晶は自室へと向かった。

隣の和室で眠っている慧を起こさないよう、静かにふすまを開ける。

何も聞けなかったな。

晶は小さくため息をついて、布団に潜った。

慧の口からサリとの関係を聞けずに、一日が終わろうとしている。晶の心は曇ったままだ。

それも仕方ない。あえて口にするのも気が重くなるような内容だ。

サリの来訪を晶に知らせないよう、慧から指示されていたと水坂は言っていた。

晶とサリを、まるで妻と愛人の対立みたいだったと、スタッフたちは噂《うわさ》していたらしい。

ああ、疲れた——頭まで重いと感じながら、寝返りを打つ。

ただし、晶の頭を悩ましているものは、サリのことだけではない。

いよいよ明日は祖母の手術日だ。晶は仕事を休み、付き添うことにしている。

手術がうまくいきますようにと祈ったら、「きっとうまくいく」と慧の声が聞こえたような気がした。

そっと、隣の部屋と続くふすまを眺める。静まり返った夜の気配があるだけで、慧を感じることはできなかった。

早く眠らなければ。

ぎゅっと目をつむったものの、思考は冴《さ》えていくばかり。

もしもおばあちゃんに何かあったら――

両親がこの世を去ってしまった時の喪失感を思い出し、晶は身震いした。

心の中を覗《のぞ》いたら、空洞が見えるに違いない。

寂しさを乗り越えたとしても、失った断片《ピース》は永遠に埋まらない。

父親が栞《しおり》代わりに本に挟んだ家族写真。

母親が思いを綴《つづ》った母子手帳。

晶の誕生日を祝う両親の笑顔。

抱きしめられた時の温《ぬく》もり。

遺《のこ》されたものにはどれも、幸せと悲しみが織り込まれている。

どこからかカレーの匂いがして、自然と駆け足になった帰り道。

小学生だった晶は、いつでも自分を待っていてくれる人がいると疑わなかった。

私だけ置いていかないで――

人生で一番悲しかったあの日を思い出し、瞼《まぶた》の裏がじんわりと熱くなる。

これ以上大切な人を失うのが怖い。

一人になるのが怖い。

手術がうまくいかなかったら。

慧がサリを選んでしまったら。

私、本当はこんなに弱い。

恐怖や弱さを認めたら、ぽたりと涙がこぼれ落ちた。

「あれ？」

一度流れ出した涙は、何度拭っても止まる気配がない。せめて慧に気づかれないように、口元を手で塞ぎ、声を押し殺そうとした。

「ごほっ」

しかし、むせび泣くうちに咳《せ》き込んでしまう。

「もう、嫌だ……」

そうつぶやいた時、唐突にふすまが開いた。

「どうした？　泣いてるのか？」

枕元まで這《は》ってきた慧に驚き、

「何でもありません！」

慌てて晶は布団を頭までかぶる。

「何でもないわけないだろ！」

あろうことか、慧は無理やり布団を引き剝がしにかかった。

「起こしてすみません！　寝てください！」

「気になるだろ！　引っ張るなって！」

勢いよく布団を剝がされ、晶の泣き顔が晒される。

「み、見ないでください」

晶は両手で顔を覆った。

「暗いし、見えてないよ」

言い訳するかのように慧が言う。

「仕事で何かあったのか？」

慧が一番に頭に思い浮かべるのは、やはり仕事のことのようだ。

それさえも、少し腹立たしいと思うのはどうしてだろう。

「…………」

「違うのか？」

「おばあちゃんの手術のことで……ちょっと」

涙も弱さも祖母の手術でナーバスになっているだけと、晶は自分を納得させようとしたが。

「そうか、そうだったな。明日早いんだろ？　邪魔してごめん。じゃあ、おやすみ」

部屋に戻ろうとする慧の手首を、咄嗟《とっさ》につかんでしまっていた。

「ま、待ってください」

「どうした？」

暗闇に目が慣れたせいだろう、慧の唇が動くのが見える。

「言ってみろよ」

これまで聞いたことのない穏やかな声だ。

「私……」

明日が不安でしょうがない。それから、慧がサリを選んだらどうしよう。

晶の頭の中はぐちゃぐちゃだ。このままじゃ、眠れそうにない。

「私、怖いんです」

「俺も病院についていこうか？」

「明日だけのことじゃなくて未来のこと。一人になるのが怖いんです」

「……そうか、じゃあ」

体ごと強い力に引き寄せられる。

「ずっと一緒にいようか」

気づけば、晶は慧の胸の中にいた。

「一年とは言わず、晶が平気になるまで、俺たち一緒にいよう」

「え……」

慧の言葉に心まで抱きすくめられ、止まりかけた涙が再びじわりと滲《にじ》む。

優しい温もりにこのまま包まれていたいけれど、この幸せはきっとまやかしだ。

ごまかすように寂しさを埋めてはいけない。

「それは、だめです」

晶は慧の胸を押し返すが、さらに強く抱きしめられた。

「どうしてだめなんだ？」

「私たち、本当の夫婦じゃないから」

晶が何とか声を絞り出すと、ハッとしたように慧が息を呑《の》んだ。

「私、本当の慧さんのこと何も知らない。慧さんがどうしてそういう体質になったのか。どうして結婚したくなかったのか。それから、慧さんが自分の家族と距離を取る理由も」

「知らなくていいことだってあるだろ」

その声は、いつものような覇気を感じられず、どこか頼りない。

ふいに慧の腕が緩められ、晶はそっと顔をあげる。

「教えてはもらえませんか？」

「……悪い、ごめん」

見たことのない、苦しげに歪《ゆが》む慧の表情に、胸が締め付けられるようだった。

慧にも自分と同じように、思い悩み、眠れぬ夜があったのかもしれない。

そう思うと、たまらなくなった。

「……いいえ。私のほうこそ、無理に聞き出そうとしてごめんなさい」

晶は慰めるように、慧の背中を撫《な》でる。

「今夜、それをするのは俺の役目だろ？」

再び、慧の腕に力が籠もった。

人の温もりは、どうしてこんなにも、優しくて、心地よいのだろう——

「一緒にいようと言った言葉に、嘘《うそ》はないよ」

そうして慧に抱きしめられたまま、晶はゆっくりと目を閉じるのだった。


晶は夢を見ていた。

甘い香りのするスポンジケーキのベッドで、すやすやと眠る夢だ。

きめ細かでしっとりとしたジェノワーズ《スポンジケーキ》は最高の肌触りで、晶は何度も頬を擦り寄せる。

「うふっ……」

心地よさに思わず笑みが漏れた。

「よ、よせ」

その声に、ぱちりと晶は目を開ける。

「変なことするなって。くすぐったいだろ」

「ど、どうして？」

慧の首筋に顔をうずめていると気づいた晶は、慌てて布団から飛び起きた。

どうして自分の隣で慧が寝ているのだろう。

寝起きのぼんやりとした頭で、晶は必死に考える。

「覚えてないのか？」

慧は、ふわあとあくびをしながら起き上がった。

「安眠できるよう、隣で子守唄を歌ってやっただろ」

「あ、ああ。そうでしたね」

耳元でシャウトされ、迷惑極まりなかったと晶は苦笑する。

「いや、待って。それで私、眠ったんですか？」

「ぐっすりとね。感謝しろよ？」

まさか、一晩中一緒に？

意識した途端、慧の体温がリアルに思い出され、晶は悶《もだ》えそうになった。

「わ、私は慧さんの妹じゃありませんからね？」

「分かってるよ、そんなこと」

さも当然のように慧は言うと、晶の頭を撫でてきた。

「手術の成功を祈ってる。何かあったらいつでも連絡して」

間違いなく、妹扱いでしょう？

だけど、嫌じゃないから困る。

「は、はい……」

まだ夢見心地の晶は、慧の手のひらの感触で、うっかりとろけてしまうのだった。

祖母の手術が無事終わったあと、晶は病院の待合室で、慧に宛てたメッセージを打っていた。

祖母の手術が成功したこと。

近いうちに集中治療室から一般病棟へ移れること。

祖母が慧にお礼を言いたがっていたこと。

慧に伝えたいことが次から次へと溢《あふ》れ出る。

「すごい長文になっちゃった。さすがに、帰ってから話したほうがいい内容だよね」

晶はいったん文面をすべて削除し、

佐久本晶：手術は成功です。おばあちゃんは、まだ麻酔で眠っています。

とだけ書いて送信した。

柾木《まさき》慧：今日は仕事を早めに切り上げるよ。

すぐさま返信が届き、晶は無意識に頬を緩ませる。

「私のこと心配してるのかな？」

昨夜、あんな姿を見せてしまったのだから、心配されるのも無理はない。

だけど私も、早く会いたい。今日は話したいことがたくさんあるから——

手術前、祖母は晶にいろんな話をしてくれた。

祖母もまた、結婚したばかりの晶たちのことが気がかりだったのだろう。

晶は祖母の言葉を思い返す。

『夫婦になることを焦ったり、簡単に諦めてはいけないよ。相手は元々他人だもの。そうそう分かりあえるはずがない生き物よ。だけどね、色んな人に愛されて大事にされてきた他人なのよ。他人だからって、粗末に扱っていい道理はないからね』

『それでもうまくいかない時は、深く傷つけあう前に離れなさい。執着しなくてもいいの。所詮は他人なんだから。大丈夫。寂しくなんかない。人生はひとり旅って言うでしょ。夫婦は、たまたま同じ列車に乗り合わせただけの他人。だから、目的地が違ったり、途中下車することもある。好きな場所へ行きなさい。どうせなら旅は楽しいほうがいいじゃない』

祖母のカサつく手を握った時、夫婦のことが昨日より分かった気がした。

「私、慧さんとまだ一緒に旅をしたいんだと思う……」

だからこそ――

慧と力を合わせて、ブライダルフェアを成功させたい。

きっと二人にとって、旅の最初の目的地になるはずだから。

とはいえ、道のりは平坦《へいたん》とは言えない。

サリのことがまだ解決していない。

慧も心をすべて見せてくれたわけではない。

心にしこりを残したまま、それでも晶は祖母へと微笑《ほほえ》んだ。

「晶は、そんな風に思える相手と出会えたのね。おばあちゃん嬉《うれ》しい。もしも元気になったら、慧さんにお礼を言わなきゃ。晶を大事にしてくれてありがとうって」

「おばあちゃんの家で私たち待ってるから。早く元気になって帰ってきて」

晶は祖母の手を優しく撫でた。

晶が病院を出て自宅に戻ると、すでに時刻は十九時をまわっていた。

「慧さん、さすがにまだ帰ってないよね」

居間の明かりを点《つ》け、ストーブに火を入れる。

すると、鞄《かばん》から振動音が聞こえ、急いでスマホを探り出した。

柾木慧：清水サリさんと会食することになった。

晶は慧からのメッセージを凝視した。

「何で？」

思わずスマホに訊《き》き返す。

そのタイミングで、さらにメッセージが届いた。

柾木慧：昨日のお詫《わ》びを兼ねて。帰りは遅くなる。

「別にいいけど。私は待ちませんよ？　先に寝ますからね？」

返信しようとした指が、液晶の上で止まった。

「もしも慧さんが、サリさんと仕事をすることに決めたら……」

私のケーキはサリさんに敵《かな》わない。

こだわった材料で、手間ひまかけて作ったとしても――

サリの大胆で華やかなケーキデザインを思い浮かべる。

今はまだ、知名度も技術もサリのほうが上だ。

ウエディングケーキとしてふさわしいのはどっち？

晶は頭をぶんぶんと左右に振った。

「悪い方に考えるのは、お腹《なか》が空いているせいだ」

さっそく台所へ向かうと、フライパンにオリーブオイルを入れ、にんにくと唐辛子を炒《いた》めた。

立ち上る、食欲を刺激する香り。

さらに水を加えて沸かし、半分に折ったパスタとちぎったキャベツを入れる。

味付けはシンプルにコンソメのみ。しっかり水分を飛ばせば、即席ペペロンチーノの出来上がりだ。

「今頃二人は、どんな食事してるのかな」

ドレスアップしたサリはさぞ美しいことだろう。

優雅なディナーを想像しながら、晶はパスタの皿を手に居間へと戻る。

「二人きりになったところで、慧さんはどうせやましいことできないもんね」

フォークに巻き付けたパスタを口へ突っ込み、晶はしばし黙り込む。

視界に映るのは、どこか寂しげな、見慣れたこたつと主人のいないコーヒーメーカー。

「……味うっす！」

考え事をしながら調理したせいだろうか、パスタの味は最悪だった。

割り切れない気持ちを抱えたまま、晶は味のしないパスタを食べ続けるのだった。

翌朝、嫌な予感とともに晶は目を覚ます。

寝坊したのかと慌て、スマホで時刻を確認するが、まだ七時だ。

「そっか。私、今日も休みだった」

祖母に何かあった時のために、連休を取っていたのを思い出す。

　それにしても、隣の和室がやけに静かだ。

「そろそろ起きないと間に合いませんよ」

　ふすま越しに声をかけるが、返事はない。それどころか寝息すら聞こえてこない。

「慧さん！」

　心配になった晶は、思い切ってふすまを開けた。

「いない」

　しかし、慧の部屋はもぬけの殻だった。

　すぐさま晶は居間へ行き、誰もいないことを確認する。次に洗面所を覗《のぞ》いて、さらにはトイレをノックした。

「慧さん、入ってます？」

　もちろん返事はなかった。

「どこにもいない……。まさか、帰ってきてないの？」

　慧は昨夜サリと食事に行ったきり、この家には戻ってきていないようである。

「連絡は……？」

　スマホを確かめるが、慧からのメッセージはなかった。

「もしかして、まだサリさんと一緒とか？」

　その瞬間、心臓がどくんと跳ねた。

決して、二人の関係を疑っているわけではない。ただし、自分の知らないところで二人が一晩を明かしたというのなら、到底晶には受け入れ難《がた》いことだった。

「何もないからって、不謹慎じゃない？」

結婚しているのに、普通、妻以外の女性と夜を過ごす？

とはいえ、そもそもプライベートは深入りしない約束だ。

また、本当の夫婦ではないのだから、一般的な道徳観を持ち込むのは違っているような気がする。

「だけど、気分は良くない。何だろ、これって」

晶は自分の感情を持て余し、不覚にももやもやしてしまった。

「一緒に暮らしているのに、無断外泊は非常識だよね」

やっと正しく怒れる理由を見つけたことで、少しほっとする。

「とりあえず、朝ごはん食べよう」

もやもやするのはお腹が空いているせいだと結論づけ、台所に向かった。

フライパンにバターを入れて熱し、四角く切り抜いた食パンを焼く。四角く空いた部分に卵を割り入れてチーズを載せ、切り抜いた食パンで蓋をした。

さらにひっくり返し、こんがり焼けたら皿に取る。軽く塩コショウすれば、目玉焼きトーストのできあがりだ。

「いただきます。熱っ！」

はふはふしながらトーストを食べているうちに、段々と冷静になってくる。

もしかしたら、慧は都内の実家に泊まったのかもしれない。

晶にも、仕事や飲み会で終電を逃し、ビジホやマン喫にお世話になった経験がある。東京通勤圏とは言うものの、越境してこの自宅に戻るのはなかなか大変なのだ。

「そうだ。実家だ。きっとそうに違いない」

トーストを食べ終わった頃には、慧の外泊くらいで心を乱したことが馬鹿馬鹿しく思えてきた。

「気にしてるわけじゃないけど、一応連絡入れておこう」

佐久本晶：おはようございます。昨夜はどこに泊まったんですか？

しかし、洗濯をして掃除を終えて、寝転んでスマホで動画を観《み》ているうちにうとうとしてしまったあとも、返信が届かないどころか既読にもならなかった。

「どうしたんだろう」

さすがに心配になってきた晶は、そわそわとしだす。

サリと慧の仲が疑われる中、会社に連絡するのは憚《はばか》られた。

そうなると、慧の交友関係を知らない晶は、連絡先が他に思い当たらない。

『何も知らないって、自分の夫のことなのに？　私だったら、夫のことは何でも知りたいと思いますけど』

サリの厳しい言葉が蘇《よみがえ》り、晶は悶々《もんもん》とする。

このまま、慧を知らないままでいいのだろうか。

本当の夫婦でないとはいえ、人生という旅の途中で出会った相手のことなのに。

そして私は、慧さんと旅をすると決めたのに――このままなんて嫌だ。

傲慢だと思うこともあるけれど、自信に満《み》ち溢《あふ》れる慧は眩《まぶ》しくもあった。

何より、慧の言葉にはいつも励まされている。

心の中はこんなに正直なのに――

「私、やっぱり慧さんのこと知りたい」

自分の気持ちを確かめるように、晶は思いを口にした。

「あ、確か……」

何かあった時のためにと、慧の妹である柾木結衣《まさきゆい》とは連絡先を交換していたはずだ。

「結衣ちゃんに連絡してみよう」

晶は友達リストから、ぬいぐるみのアイコンをタップする。

佐久本晶：ご無沙汰しています。お元気ですか？

メッセージを送ると、休憩中なのか結衣からはすぐに返事が来た。

柾木結衣：こんにちは。メッセージ嬉しいです。

佐久本晶：慧さんのことでお話ししたいことがあって。お時間のある時にお電話してもいいですか？

柾木結衣：もしかして、晶さん、今日お休みですか？　私も今日は有給を取っていて。良かったら、これからうちに来ませんか？　実はお願いがあるんです。

奇遇にも結衣も休みで、今は自宅にいるようだった。

佐久本晶：何かありました？

柾木結衣：ご迷惑でなければ、ケーキの作り方教えてもらえませんか。

願ってもない申し出に、晶はその足で慧の実家へ向かうことに決めた。

ひとまず祖母の容態を確認して安心した晶は、ケーキの材料を手に白亜の宮殿のような邸宅の前までやってきた。

アーチ形の門から続くアプローチには地面を這《は》うように花が咲き、その奥には上部にガラスが嵌《は》め込まれた重厚なドア。白い外壁は眩しいほどに輝いて見える。

「何度来ても、豪華ですねえ……お城みたいというか」

出迎えてくれた結衣へ、晶は率直な感想を述べた。

慧の顔立ちと似て美人ではあるが派手さはなく、控えめで大人しい印象の結衣。着ている《い》ワンピースは今日も、仕立ての良いシンプルなものだった。

「母の好みで建てたそうですが、私たちが幼いうちに両親は離婚したので、母はこの家で暮らしたことがほとんどないんですよ」

さらりと結衣が言う。

「兄は少女趣味だって嫌がっていたけど、私はけっこう気に入っています。子供の頃、学校で嫌なことがあった時は、お城の中に入れば自分は守られるんだって勝手に想像して、急いで家に帰ってました。昔は、気が弱くて泣き虫の子供だったんです」

「そんな思い出が」

心配性の慧の気持ちが、晶にも分かる気がしてきた。

結衣は、はにかみながら笑う。

「今は、すっかりたくましくなりました。とりあえず、中へどうぞ。父は仕事で留守ですが」

慧と鉢合わせしたらどうしようという懸念は、無駄に終わった。

慧がいないことにがっかりし、晶はこっそりため息をつく。

しかし、邸宅内に一歩足を踏み入れると、様々な調度品や絵画に気持ちが弾んだ。前回の訪問では余裕がなくて見逃していたのだろう。

絵の価値は分からないが、額縁の緻密な装飾には目を奪われた。

「素敵なレリーフ」

植物が浮き彫りにされた額縁の美しい模様に、晶はうっとりとする。

私もこのくらい丁寧な仕事をしたい。晶は自然と、額縁の模様をケーキデコレーションと重ねていた。

「さっそくですが、キッチンはこちらです」

シンプルで使い勝手の良さそうな独立型のキッチンは、広々としている。

結衣はさっそく、ゆるいウェーブのかかった髪をひとつにまとめ、ワンピースの上にフリルのついたエプロンを付けた。

「父の誕生日にケーキを作ってあげたくて。父も晶さんの作るフラワーケーキには興味津々だったので」

「良ければ私がプレゼントしますよ。誕生日はいつですか？」

「ええと……父の誕生日は九月でまだ先なんですが」

なぜか結衣は、気まずそうにしていた。

「九月の誕生花にダリアがあるから、ダリアのケーキにしようかな」

晶はあえて、くだけた調子で言う。

「わあ、素敵！」

おかげで、結衣の声は明るく弾んだ。

二人は微笑《ほほえ》みあって、仲良くケーキの準備にとりかかる。

「ケーキデザイナーって聞き慣れない職業ですよね。どうして晶さんは、ケーキデザイナーを目指したんですか？」

結衣がボウルの中に卵を割り入れる。

いっぽうで、晶はクッキングシートを箱型に折っていた。ケーキ型を忘れてきたため、これで代用するつもりだ。

「不運が積み重なって仕方なく、というのが一番の理由だけど……」

だけど、それだけじゃない。

晶の脳裏に、祖母や舞花《まいか》、パティスリーの仲間たちの顔が次々と浮かぶ。

晶を勇気づけ、情熱を与えてくれた人たちだ。

「パティシエはお客様のためにケーキを焼くのに、ずっと厨房《ちゅうぼう》の中にいるせいでなかなかお客様と出会う機会がなくて。私はお客様の笑顔が見たかったんだと思う。そんな時、オーナーシェフから言われたんだよね。パティシエ辞めたら？　って」

「えっ、ひどい。怖いシェフだったんですか？」

結衣が心配そうな顔になる。

「ううん。そうじゃなくて。パティシエでおさまるようなタイプじゃないから、独立したらどうかっていう意味で」

基本的には、毎日決められた作業をこなすのが、パティシエの仕事である。地道な作業こそケーキ作りにおいて大事な工程であることは、理解していたつもりだった。

だからといって、晶にその店のやり方が向いていたかといえば、そうじゃなかったのかもしれない。

「私の作るものは独創性があるって言われたな。そこを伸ばしたほうがいい、という意味だったと思う。そのお店は潰れちゃったから、今となっては真意は分からないけれど」

それでも、晶に情熱の火を灯《とも》してくれた、ありがたい言葉だった。

「私にとってケーキは、人との縁を繋《つな》いでくれるものなのかも。だからずっと作り続けたいと思ってる」

「ケーキがなかったら兄とも会えていないし、私たちも家族になれなかったかもしれませんよね。晶さんが諦めずにケーキを作り続けてくれて良かった」

しみじみと結衣が言った。

「あの、結衣ちゃん、慧さんのことなんだけど……」

晶はタイミングを見計らって、やっと慧のことを口にする。

「本人のいないところで聞くのはフェアじゃないよね。でも私、慧さんのことをもっと知りたくて。結衣ちゃんの知ってる慧さんを、私に教えてくれないかな？」

結衣を困らせていないだろうかと、晶は様子を窺《うかが》う。

「兄のこと知りたいと言ってもらえて、嬉《うれ》しいです」

しかし、結衣はにこやかな表情だった。

「実は、今日のケーキは口実で。その……晶さんが兄に愛想を尽かしていないか心配になって、直接会ってお話を聞きたかったんです。ごめんなさい」

「え……私が愛想を尽かす？」

結衣の言葉は、晶には意外でしかなかった。

「一緒に暮らしていたら、さすがに兄の本性もバレてるんじゃないかなって。友人たちからは、かっこいいお兄さんで羨ましいって言われることもあるんですが……」

「ほ……本性？」

慧を知りたい気持ちに嘘《うそ》はない。晶は緊張した面持ちで、話の続きを待った。

「はい。本当の兄は……いつもここに皺《しわ》を寄せて、周囲の人間をちょっと見下しているんです」

結衣は眉間に指を当てながら言う。

「あ、ああ……知ってる、知ってる」

緊張を解いた晶は笑いながら答えた。

「知ってて兄と結婚したんですか？　だって、感じ悪いでしょう？」

結衣はひどく驚いた様子である。

「うん。最初は感じ悪いと思ったけど、自分勝手に見えるのは正直だからで、冷たいと感じる言葉は繊細な心を守っているからで……本当は優しいところもあるんだって今は分かってる」

意外にも、すらすらと慧についての言葉が出てくる。

「兄の態度に問題があるのは、母がこの家を出ていったことと関係していると思います。小学校くらいまでは、兄と私は二人揃《そろ》って母親と面会交流をしていました。だけどある日を境に、兄は母と一切かかわらなくなって。その頃から、他人に対して冷めてしまい、自ら壁を作るようになった気がします」

慧の両親は、ずいぶんと早くに離婚していたようだ。

「兄は心の片隅で、いつかは母が戻ってくれるんじゃないかと期待していたんでしょうね。それが叶《かな》わない夢だと気づいたんだと思います。その頃から兄は、父とも距離を取るようになりました。私からすれば、どちらも不器用なだけで、お互いを思い合っていることは分かっているんですけど……」

はあ、と結衣がため息をつく。

結衣が言うように、慧は両親の離婚によってトラウマを抱えているのだろう。

炎上の原因となった発言とも関係がありそうだ。

「結衣ちゃんはお兄さん思いなんだね」

結衣のおかげで、慧と家族の関係性も見えてきた。

今日ここに来て良かったと、晶は改めて思う。

「あんな兄ですが、私のことは可愛《かわい》がってくれていて……過保護気味だけど」

「うん。分かる。慧さんって、過保護で心配性だよね。いつも気にかけて見守ってくれてて……」

　そんな慧だからこそ、晶でも自然と甘えることができたのだ。

「晶さんに対してもそうなんですね」

　結衣は困り果てたように笑った。

「でも、晶さんが兄のお嫁さんになってくれて本当に良かった。これで安心です」

「ありがとう……」

　この結婚がビジネス結婚だと知ったら、結衣の期待を裏切るだろうか。

　とはいえ、慧を知りたいと思う気持ちは本物で、もう後ろめたく思う必要なんてないはずだ。

　慧に会えたら、もう一度、知りたいと言おう。

　一人で抱え込んでいないで、私にも教えてと言おう。

　今はまだ話せないと言うのなら、話してくれるまで待つと伝えよう。

　それから、まっすぐに顔を見て言おう。

　私は慧さんが――

「ところで、それで、ケーキを焼くんですか？」

　結衣が晶の手元を指差していた。

　作業の手が止まっていたことに気づいた晶は、少々焦る。

「そ、そうだよ。これを型にして、スクエアのショートケーキを作るよ」

箱型に折ったクッキングシートをホチキスで止めていく。この型を天板に載せ、ジェノワーズ《スポンジケーキ》の生地を流し入れる。

これを、だいたい二百度のオーブンで十分ほど焼く。

「生地を焼いている間にお花を絞るけど、結衣ちゃんもやってみる？」

「すっごく、やってみたかった！」

「ダリアの花を絞るから見てて」

まず、赤く色づけしたイタリアンメレンゲのバタークリームを絞り袋に入れる。イタリアンメレンゲとは、煮詰めたシロップを混ぜた硬めのメレンゲのことだ。

シロップの温度は百十八度。ちょうどよい粘り具合のシロップを一般的なメレンゲに合わせることで、デコレーション向きの艶のあるしっかりしたメレンゲにするのである。

イタリアンメレンゲができたら溶かしたバターを加え、空気を含ませるようにしっかり混ぜる。白っぽくふんわりするまで混ぜれば、バタークリームの出来上がりだ。

「土台に押し付けて、すっと引くように絞るの。これを繰り返していくと、ダリアの花っぽくなるから」

絞り袋の先端に取り付けた口金は、U型になっている。これで、花びらのカーブを表現する。

「難しい……ああっ、崩れちゃった」

結衣はがっかりして肩を落とす。

「最初はバラから練習しないと、難しかったかな。ごめん、ごめん」

そこで晶は、結衣の手を取って絞り方を丁寧に教えることにした。

「そうそう。いい感じ」

「すごい。本物の花みたい」

ダリアが咲く可憐《かれん》なショートケーキが出来上がる頃には、二人の心の距離はずいぶんと近づいていたのだった。

柾木慧：急用で今日も帰れそうにない。
柾木慧：とにかく戸締まりをしっかり。何かあれば連絡を。

慧からのメッセージに気づいたのは、翌朝目覚めてからだった。

連日の外泊は気がかりではあるが、本人に直接聞けばよいことだと、いつも通り晶は職場へと向かう。

自分の心が決まったせいか、どんなこともう晶を揺るがすことはなかった。

「おはようございます」

オフィスでは、先に出勤していた梅津が加湿器に水を注いでいるところだった。

「おはようございます。社長、大丈夫でした？」

梅津が心配そうに訊《き》いてくる。

「社長に何かありました？」

「腕時計をどこかに忘れたそうで、スタッフに聞いて回っていましたよ。よほど大事な腕時計なんでしょうねえ」

「慧さんが、腕時計を……」

慧がどれだけ腕時計を大切にしているか、晶は知っている。

もしかしたら外泊の理由と関係しているのかもしれない。

「来たばかりでなんですが、十分ほど席を外してもいいですか？」

「どうぞ、どうぞ。水坂課長も遅れて来るそうなので、ゆっくりどうぞ」

梅津は小声で言った。

「すみません。すぐに戻ります」

たった二日離れていただけなのに、何ヶ月も何年も顔を見ていないような気がする。

慧に何があったのか知りたい。困っているのなら頼ってほしい。

自分ばかりが甘えてしまっては、夫婦として対等にはなれない。

理想は何でも言い合える関係だけど——

言えないことがあるのなら、そんな気持ちにも寄り添える自分でいたい。

とにかく顔を見て話をしなければ、はじまらない。

晶がオフィスを飛び出すと、意外な人物と鉢合わせになった。

「サリさん？」

春らしいグリーンのコートを羽織ったサリが、優美に佇《たたず》んでいる。

「早い時間から失礼します。お邪魔でした？」

「そんなことありません。すぐに執務室までご案内しますね」

サリの突然の訪問に驚きながらも、晶は笑顔を作る。

「今日は奥様に会いに来たんです」

「私に？　でしたらラウンジに」

「いいえ。ここでけっこうです。すぐに終わりますから」

サリは有無を言わさぬ態度だった。

「はあ……」

慧の元へ行こうとしていた晶は、強引なサリに少々困惑する。

「聞きたいことがあります。本当に慧さんのこと愛していますか？　慧さんのこと利用しようとしていませんか？」

　あまりにも唐突で、意図の分からない質問だった。

「何でそんなことを？」

「いくら何でも奥様は慧さんに無関心すぎると思います」

　サリの表情に怒りのようなものが滲《にじ》む。

「先日、私と慧さんが食事に行ったことご存じですよね？　何とも思わないんですか？」

「お仕事ですよね。それに慧さんの体質のこと、サリさんはご存じですから」

「私は仕事のつもりではありません。慧さんに、ご自身の体質を改善する努力をしませんかと伝えました。知り合いの病院も紹介できますと。だって、あなたたち不自然だもの」

　強気なサリの前でも、晶は不思議と落ち着いていた。

「慧さんのこと本気で考えようとしていませんよね。もう一度伺います。慧さんを愛していますか？　愛していないのなら、慧さんと別れてください」

「別れる？」

「慧さんから、奥様にとって今一番大事なものは仕事だと伺いました。もしも、仕事がほしいだけなら私が何とかします。だから、慧さんを私にください」

　サリの一方的で勝手な言い分に、晶は啞然《あぜん》としてしまう。

　サリと慧の間にどんな会話が繰り広げられたのかは分からない。

だからといって、晶の気持ちが変わることはなかった。

「ここで……お話しするような内容ではないので……」

それでも晶は緊張から声を震わせる。

サリの言っていることは間違いじゃない。

はじまりはビジネス結婚だったのだから。

だけど今は違う。少なくとも私の気持ちはあの頃のままじゃない。

慧への思いが溢《あふ》れそうになり、晶は胸を押さえる。

「簡単に答えられる質問ですよね？　慧さんの代わりに聞いているんです。彼をどう思っているのか」

「慧さんの代わりに？　もしかして、昨日も慧さんと一緒でした？」

「……………」

サリが訝《いぶか》しそうな顔をする。

しかしすぐさま真顔に戻ると、きっぱりと言い切るのだ。

「そうですよ。私と慧さん、一緒でした」

サリが断言したことで、さすがの晶も怯《ひる》んでしまう。

もしも慧さんがサリさんを選んだのだったら――

ここで黙って引き下がる？

自分の夢も慧のことも諦める？

「私は……」

そこで、ふいに、祖母の言葉が思い出された。

『夫婦になることを焦ったり、簡単に諦めてはいけないよ』

僅かな迷いさえ吹き飛ばす、晶にとって意味のある言葉だった。

私の旅はまだはじまったばかり。

夫婦としての結論を急ぐ必要はないはずだ。

私の気持ちさえ確かだったら、私の旅は続いていく。

サリがどう思おうと関係ない。これが自分の答えだからと、晶はしっかり前を向く。

「仕事を頑張ることと慧さんを大切に思う気持ちは、私にとって同じことです。私が私であるためにどちらも必要なものだから」

晶の言葉に、サリはハッとしたような表情になった。

「今の私は、ここブラン・マリエで働くことを望んでいます。小さな積み重ねによって、やっとスタッフたちとも息があってきて、これからというところなんです。この先も、彼らとの関係性を築き上げていきたいんです」

どんなに知名度がありケーキ作りの技術が高いサリでも、スタッフとの心の絆《きずな》では負けないはずだ。

「私はこの式場のために、挙式をあげるお客様を笑顔にするケーキを作ります。サリさんのケーキがどんなに素晴らしくても、それだけは負けるわけにはいきません。式場を盛り上げていくことが、慧さんの助けになると信じているからです。私は少しずつ慧さんを知っていくつもりです。ゆっくり二人の関係を育てていきたいと思っています。ケーキの腕も同じです。どんなに時間がかかっても、いつか、サリさんに追いつきます」

私を信じてほしい。

私のケーキが笑顔を呼ぶところを見ていてほしい。

慧さん、お願い――

晶は祈るような気持ちとともに、サリを見返した。

「あのー、お話の途中すみません」

そこへ、ひょっこり水坂があらわれる。

「申し訳ないが、二人の話は聞かせてもらった」

しかも、決まり悪そうにする慧も一緒だ。

「どうして二人が？」

咄嗟《とっさ》に晶は口にする。

慧と水坂が、連れ立って出勤してきたのが意外だったからだ。

「昨日も一昨日も、社長はうちに泊まっていましたからね。いい加減今日は帰ってくれますよね？」

うんざりしたように水坂が言う。

「こっちだって泊まりたくて泊まってるわけじゃない」

慧もまた、迷惑そうだった。

「清水さん、仕事のことでしたら先日お話しした通りです。私は一人のパティシエとして、あなたではなく佐久本晶を選びました。決め手はもちろん、技術の優劣や知名度のあるなしではありません。ブラン・マリエにふさわしいウエディングケーキを作れるかどうかが、最終的な判断材料となりました」

慧の説明を聞いても、サリは平然としている。

「彼女の一番近くにいて、真面目でひたむきな人柄を知ったことが何よりの理由です。晶のケーキが、ここで挙式をあげるカップルを笑顔にする未来を、無理なく私には思い描けました。うちのフェアのパティシエにふさわしいのは晶です」

まるで愛の告白かのように、慧は晶を熱い瞳で見つめてきた。

晶は驚きと喜びで、すっかり言葉を失《な》くしてしまう。

まさか慧が、晶のケーキにそこまで期待してくれているとは考えもしなかった。

自分を、そして自分のケーキを受け入れてくれた慧への思いが、晶の中でさらに膨らむ。

「自分の妻だから贔屓目《ひいきめ》に見ているんじゃないですか？」

サリは腰に手を当てて、呆《あき》れたように言った。

「そうかもしれません。そのくらい彼女に……彼女のケーキに惹《ひ》かれているんです」

真面目な顔つきで慧は言う。

「ああ、もう、当てつけられて馬鹿みたい。せっかく、そちらを思って、色々と提案したのに」

サリはうんざりしたように髪をかきあげた。

「フェアの協賛まで申し出ていただいて、その点は大変感謝しています。しかし、私の考えは変わりませんので。いつかまた機会がありましたら、よろしくお願いします。あえて付け加えるとしたら、うちの妻を誤解させるようなことは、もう言わないでいただけますか？　会食には秘書を同席させたので二人きりではありませんでしたし、お会いしたのはその時だけですよね」

慧は淡々と事実を述べる。

「可愛《かわい》らしい奥様だったので、ちょっと意地悪してみたくなっただけです」

しかし、サリが動じることはない。

「え……意地悪？」

慧は理解に苦しむといった表情だ。

「でも、分かりました。今の私にはお誘いいただける案件が他にいくらでもありますから、たいしてお金にならない仕事に未練はありません」

「お金にならない仕事って、そりゃそうですけど」

遠慮のないサリの発言に、水坂が情けない声をあげる。

しかし、そんなサリの表情が一瞬翳《かげ》ったのを、晶だけは見逃さなかった。

「察してもらえないから、声をあげただけ……」

微笑を浮かべたサリがつぶやく。

「では、これで失礼します」

「サリさん、待ってください」

踵《きびす》を返すサリを、晶は慌てて呼び止めた。

「サリさんのケーキの素晴らしさ、私は分かっているつもりです。絞りの技術も、独創的なデザインも、ずっと私の憧れでした」

それでも、私は私のケーキを目指していく。

もう迷ったりしない――

慧さんのことも自分の夢も諦めない。

サリが慧のためを思って晶に会いに来たのだったら、なおさらあとには引けない。

晶の強い意思が伝わったのだろうか。

負けを認めたかのように、サリは微笑《ほほえ》んだ。

「ありがとう。いつかあなたのケーキを食べてみたい」

「は、はい」

安堵《あんど》した晶に笑顔が浮かぶ。そんな晶を、慧は静かに見守っていた。

未来へ続く旅の道標を見つけた晶は、この先の可能性を信じて心を躍らせるのだった。


その晩、慧はこたつでコーヒーを飲みながら、ご機嫌な様子で腕時計を磨いていた。

マグカップを両手で抱え、晶はそんな慧の様子を窺《うかが》う。

「あの……私、頑張りますね。精一杯、お客様に喜んでもらえるケーキを作ります」

「頼むよ。業績を回復させて、親会社を納得させるだけの売上を出せば、ブラン・マリエを継続させられるだろうし」

腕時計に夢中になりながらも、慧はしっかり受け答えをしてくれた。

「それって……慧さんも続けたいって思ってるってこと？」

「そうだな」

慧の前向きな意見を聞くことができ、晶は心底ほっとする。

今夜の慧は、ずいぶんとくつろいでいるようだ。

今なら、聞きたいことが聞けるかもしれない。

伝えたい思いも、伝えられるかもしれない。

しかし、色んなことがありすぎて、どこから話をはじめればいいのか分からない。

思いがけず朝から修羅場が繰り広げられたものの、慧がはっきり白黒つけたことで、サリを愛人ではないかと疑っていたスタッフたちもすっきりしたようだった。

また、サリは仕事熱心なだけだと、いちいちフォローを入れている慧は微笑ましかった。

慧も薄々感づいているのかもしれない。サリがあえてヴィラン《悪役》を演じたのかもしれないと。

理由はおそらく、サリなりに慧への思いに決着を付けるためだろう。

だとしたらやはり、あの場ではサリの芝居につきあうのが正解だったはずだ。

「何？」

晶の視線を感じたのか、慧が顔をあげる。

「ええと……腕時計見つかったんですね」

晶がやっと切り出すと、慧は苦々しげな表情になった。

「ああ、これね。水坂くんの家に忘れていて。それで連泊することになったんだが、さんざんだったよ」

慧の話はこうだ。

二日前の夜、サリとの会食が長引いたため帰宅を諦め、都内のホテルに泊まろうとしたが、有名アーティストのライブと重なりどこも満室。父親と顔を合わすのが煩わしく、実家に泊まるという選択肢は最初からない。そこで白羽の矢が立ったのが、水坂だった。

彼のマンションが偶然にも、そこからそう遠くないことも知っていた。なぜなら、以前車で送ったことがあるからだ。

半ば強引ではあったものの、水坂から泊めてもらう了承を得た慧は、深夜営業しているリカーショップでワインを数本購入し、手土産に持っていったそうだ。

「それが、裏目に出た」

悪酔いした水坂の愚痴に延々つきあわされ、慧まで深酒してしまったらしい。

翌日何とか出社したものの、二日酔いで午前中は仕事にならなかったそうだ。

「午後になって、ようやく腕時計がないのに気付いたんだけど、どこで外したのかさっぱり思い出せなくて。水坂くんに聞いても知らないの一点張り。実は彼も二日酔いで、俺の話なんか聞いちゃいなかったんだよ」

仕方なくその日も水坂のマンションに出向き、部屋中をひっくり返してやっと慧は腕時計を見つけた。

「申し訳なかったと水坂に謝られ、そこからは前日のループだ。また飲むことになって起きられず、二人して遅刻した。最悪だった」

「どうして連絡してくれなかったんですか？」

「今はおばあさんのことで頭がいっぱいだろうと思って、余計な心配かけたくなかったんだ。かえって不安にさせて、悪かったよ」

「い、いいえ……」

まさか素直に謝られるとは思わなかった。

いつもとどこか違う慧に、晶は戸惑う。

「その時計、私にもよく見せてください」

「いいよ」

慧は一瞬腕を伸ばしかけたが、

「こっちに来れば？」

わざわざ自分の隣にスペースを空けて、晶を呼んだ。

「目の前にいる私にも貸せないくらい、大事な時計なんですね」

晶は少々呆れながらも慧の隣に腰を下ろし、こたつの中へと足を伸ばす。

大きめのこたつとはいえ、一辺に二人が座ると窮屈な感じがした。気を抜くと肩がぶつかりそうだと、晶は僅かに緊張する。

「父親からもらった時計なんだ」

真面目な声で慧は言った。

「あまり良《い》い思い出はないけど、時計は気に入ってる」

耳元に流れ込んでくる低音が心地いい。

そうやって意識すると、慧の顔をまともに見られなくなってしまった。

「聞かせてくれませんか？　私、言いましたよね。慧さんを知りたいって」

前を向いたままで、晶は言う。

「分かってる。そのつもりだから」

慧が軽く息を吸う音が聞こえてきた。慧も緊張しているのだと、晶は気づく。

「スーツケースを手に家を出て行く母親の背中が、今も記憶に焼き付いていて消えない。アプローチに沿って、青紫色の花が咲いていたことも鮮明に覚えている」

慧は意を決したように語りはじめた。

慧が子供の頃に両親は離婚し、母親は幼い子供たちを残して、家を出て行くことになった。幼かった慧は大人の事情が理解できずに、母親が戻るのを玄関先に座り込んでいつまでも待っていたそうだ。

そんな慧を見兼ねて、父親は革ベルトの腕時計を与えた。

『この時計が五時になったら家に入りなさい。約束だ』

慧は毎日のように学校から戻るとすぐに玄関先に出て、夕方の五時になるまで、母の帰りを寒空の下で待っていた。

「時計と約束がなければ、一晩中でも待っていたかもしれない」

簡単に諦めない慧の頑固な性格を、父親は分かっていたのだろう。

「あの時、子供には大きすぎる腕時計が、やたらかっこよく見えたんだよな。耳に当てると、チチチチッて機械音が聞こえてきて、不思議と気持ちが安らいだ。そうやって少しずつ、母親のいない生活に慣れていったんだ」

慧の横顔はひどく寂しげだ。

「いつからだろう。父親を超えることが俺の目標になっていた。父親のいる場所に近づくことで、母親と別れると決めた父親を、理解できるような気がしたんだろうな。だから、会社に入ってからは、がむしゃらに頑張ったよ。それでも、いつまでたっても遠い存在のままだったな」

まるで世間知らずのように〝御曹司〟と皮肉めいて呼ばれる慧でも、今の居場所は努力によって手に入れたものなのだ。

「父親は忙しい人だったから、もともと親子らしい会話もほとんどなくて。父親にとって家族は会社の人たちで、俺たちじゃないと子供の頃は不貞腐《ふてくさ》れていたこともあった。特に俺は、妹と違って厳しく育てられたせいで、父親の思い出と言えばこの腕時計くらいしかないんだよな」

玄関先で心細そうに母を待つ、慧の姿が目に浮かぶ。

晶は、子供だった頃の慧を抱きしめてやりたくなった。

「甘えてるよな。俺の両親は生きていて、母親にだって会おうと思えば会えるのに」

「そんなことはないと思います。子供の頃の別れは、永遠のように思えたんじゃないですか？」

慧も自分と同じ寂しさを抱えていると、晶は感じる。

しかし慧は、気まずそうに小さく笑うだけだった。

「分かったつもりになってたんだ。母さんは自分たちを産んだ人だけど、毎日母親をやりたかったわけじゃないんだろうなって、そう考えて無理やり割り切ろうとしていた」

だから慧は、母親との面会をやめたのだろう。母親という役割から解放してやりたかったに違いない。

「慧さんの結婚しない理由って……お母さんのことがひっかかっていたからなんですね」

慧の心を覗《のぞ》くことで、晶は切なくなっていく。

「臆病になってたんだ」

つぶやくように言い、慧は話を続ける。

慧が十数年ぶりに母親と再会したのは、アメリカから帰国した直後の空港でだった。

昔と変わらず若々しく美しい姿に、慧はひと目で母親だと気づいた。

昔と違っていたのは、母親の隣に知らない男性が立っていたことだけ。しかも、親しげに母親の細い腰に腕を回している。

『彼は私のパートナーよ。仕事においてもプライベートにおいても』

母親を自分から手放したつもりでいた慧なのに、途端に憂鬱になる。

さらに母親の恋人から握手を求められ、嫌な汗が滲《にじ》んだ。

『慧、愛しているわ』

別れ際、母親はそう言って慧を抱きしめた。ふわりと届くアンバーの香り。

母親の香水は、慧には強すぎた。

逃げ出したいような気持ちを何とか耐えてやり過ごしたものの、二人が立ち去ったあと急激に気分が悪くなり、近くのソファへ倒れ込むように座った。

その日をきっかけに、慧は女性に触れると発汗や息苦しさに苦しめられるようになる。

柔らかな感触や香水の香り、または色づいた爪が、あの時の不快感を思い出させるからかもしれない。

だからこそ、化粧っ気もなく飾らない、心も見た目も素のままの晶に安心感を覚えたのだろう。


「結婚しないと言ったのは、母親にさえ選ばれなかった自分が、他人に本気で必要とされるなんて信じられなかったからだよ。情けないだろ？　だから、積極的に話す気になれな……」


話を聞き終える前に、晶は慧を抱きしめていた。

「情けなくなんかない……です」

「慰められている時点で、かなり情けない気がするけど」

晶の腕に顎を載せて、慧はぼやく。

「これは、慰めているんじゃなくて……慧さんのこと、愛おしいと思ったからで」

急に恥ずかしくなった晶は、慧の肩に顔をうずめ、「何でもありません」とつぶやいた。

伝えたい思いは溢《あふ》れるほどあったのに、途端に頭が真っ白になる。

「悪くないな」

「え？」

晶が顔をあげると、慧の瞳に映る自分がいた。

ふいに、額と額がこつんと当たる。

「晶にそう思われるのは、悪くない」

遠慮がちに頬へと触れてくる指に、予感せずにいられなくなる。

するとと、どんどん呼吸が苦しくなってきた。

「慧さん、私……」

「黙って」

息が止まりそう――

逃れようとしたのか、待ってしまったのか。

優しく唇が塞がれ、晶は反射的に目を閉じる。

甘やかな感触は、完全に思考を停止させた。

どのくらいそうしていたのか分からない。とてもとても長い時間に感じられたが、実際はほんの数秒だったのかもしれない。

「驚かせたのなら、ごめん」

耳元で囁《ささや》かれ、やっと晶はぱちぱちと瞬きをした。

い、生きてた――

「勘弁して。その反応、可愛《かわい》すぎだろ」

ぎゅうっと強く抱きしめられ、大人げなくも晶は泣きそうになる。

「あのさ……おばあさんが一般病棟に移ったら、俺も一緒にお見舞いに行くよ」

晶は頷《うなず》くだけで精一杯だ。

私、まだ伝えてないのに――

だけど、今はもう言葉にならない。

ほろ苦いコーヒーの味が、いつまでたっても口の中に残って消えなかった。

第五章　バラ

話はウエディングフェア当日の朝からはじまる。

四月の下旬、春が深まり新緑が生い茂る頃。

朝礼のために集まった式場スタッフたちの前に立つのは、白いフロックコートを身に纏《まと》った慧《けい》だ。

さすが、モデルにも見劣りしない仕上がり——

フェアの予算削減のため、模擬挙式の新郎役を慧に依頼したのは、他でもない晶《あきら》である。

厨房《ちゅうぼう》を抜けてきた晶は、一番後方から静かに慧の姿を見守っていた。

スタッフたちは、浮足立っているように感じられる。

命運を分ける大フェアの幕開けだからだろうか。

「こんな姿で驚かれたかもしれませんが、今日は新郎役をやることになっているので」

激励の拍手が起こり、慧は照れくさそうにしていた。

「私が社長に就任し、式場閉館の噂《うわさ》を受けて、ここまでの日々、心労も多かったことと思います。噂は半分本当です。ご察しのように、現状の売上で式場の運営を続けていくのは厳しく、親会社からは次のステップを考えるよう指示を受けています」

どよめきが起こるが、慧は表情を変えない。

「しかし私は、ここからの起死回生を狙っています。まずは本日からはじまるフェアを成功させ、多くのお客様に選んでいただける式場へと、ブラン・マリエを生まれ変わらせたいと考えています」

ここにいる彼らが大事な従業員たちであると、やっと慧も気付いてくれたのだろう。サービススタッフから厨房スタッフ、プランナーやヘアメイクまで、厳しい状況の中、とどまってくれている、晶にとっても信頼できる仲間たちだ。

まるで晶の思いとシンクロしたかのように、慧が語りはじめる。

「私たちはともに旅をする仲間です。しかし、地図や道標がなければ、旅は困難を極めかねません。私は、この地図や道標が、経営理念だと考えます。〝人を笑顔に、暮らしを豊かに〟という経営理念のもと、従業員全員が幸せになれるような企業を目指して努力してまいります」

晶は心の中で「名言泥棒！」と叫んで苦笑した。

慧の話のベースは、夫婦は他人どうしで旅をしているという祖母の話の受け売りである。

それでも、従業員たちを思いやる慧のスピーチには、心打たれてしまった。

慧さん、良《い》い感じに変わったな。

置いていかれないよう、私も頑張らないと——晶は胸を熱くする。

「それから、新しいプランをご提案させていただくことになりましたので、こちらも共有しておきます」

慧が目配せし、水坂《みずさか》が刷り上がったばかりのパンフレットを配りはじめた。

「新しいプランは、注目が高まってきている〝エシカルウエディング〟です。時代の流れに伴い、我がブラン・マリエももっと地球に優しいウエディングプランを提唱することになりました」

エシカルとは〝倫理的〟という意味で、地球環境や社会貢献を考慮した消費活動を行う〝エシカル消費〟として、耳にすることが多くなった言葉だ。

パンフレットには、食品ロスを考えたパーティーメニュー、フェアトレード商品の引き出物、再生紙を使った印刷物などを意識的に取り入れると記されている。

手入れされた古い家は心地がいい。物を大事にすることは希望を未来に繋《つな》げること。

このところ、慧の口からも「もったいない」が頻繁に聞かれるようになった。

晶が日々感じていることが、慧と共有されていくことにくすぐったさと喜びを感じる。

二人の生活の中で得られたものが、仕事として形になっていくのは理想かもしれない。

すると、慧が「最後に」と重みのある声で告げた。

「忙しい朝に申し訳ありませんが、もうひとつだけ、私の個人的な話になります。私は女性に触れると、息苦しさや異常な量の汗が流れるという、少々やっかいな症状を抱えています」

スタッフたちがざわめき出す。

「慧さん……？」

何も聞かされていなかった晶は、思わずつぶやいた。

「女性アレルギーと説明したりもしますが、原因はよく分かりません。一応は、心因性のものと診断されています。この体質のことは、皆さんに黙っておくつもりでした。一部をのぞき、プライベートでも明かしていません。もともと結婚するつもりはなかったので、女性と接触できなくても困らない、急いで治療する必要もないと思っていました」

誰もが、慧の話に静かに耳を傾けている。

晶も同じように、耳を澄ました。

「女性スタッフの皆さんには、そっけない態度を取ったこともあったかもしれませんが、このような事情からです。自分の体質のことは隠し続けるつもりでしたが、妻と出会い、結婚したことで考えが変わりました。互いを見せ合うことで、歩み寄れると分かったからです。理解者がいる生活は、思った以上に快適だったからです。そこで、皆さんとも信頼関係を築き、より良い職場環境にしていくために、この度カミングアウトすることにしました。ご迷惑をかけることもあるかもしれませんが、よろしくお願いします」

慧は深々と頭を下げた。

「ああ、それから、これも原因不明なのですが、妻だけは例外で。妻とは自宅でも職場でも、皆さんご存じのように仲睦《むつ》まじくやっていますので、ご心配なく。ええと、ここは笑うところです」

スタッフたちからくすくすと笑い声が漏れ、慧は冷や汗を拭っている。

「では、これで……」

「社長！」

慧が話を終えようとしたところで、梅津《うめづ》が手を上げる。

「お話し中申し訳ありませんが、オープンを早めたほういいかもしれません。外に行列ができていますので」

その声を聞き、晶は窓の外に目をやった。

するとそこには、玄関アプローチに沿ってずらりと並ぶ人の列。

「どういうことだ？　予約制だっただろ？」

慧が梅津に訊《たず》ねる。

「まだ定員に余裕があったので、SNSで当日若干空きありって流しちゃったんです。ケーキ試食会プラス覗《のぞ》き見《み》フェアのおかげで、思ったより拡散されたようです」

焦ることなく、梅津はいつもの調子で答えた。

もしかしたら、嬉《うれ》しい悲鳴になるかもしれない。

フェアへの反応の良さに、晶は期待で胸を膨らませる。

「オープンを三十分早めます。皆さん、持ち場に戻って準備をはじめてください」

慧がスタッフに指示を出すのを受けて、慌てて晶もバンケットルームへと向かうのだった。

＊＊＊

話は数時間ほど巻き戻る。

ウエディングフェア初日、キンキンに冷えた厨房で、コックコートに身を包んだ晶は色んな意味で震えていた。

間に合うだろうか。

いや、間に合わせなければ——晶はちらりと時計を見た。

早朝から一緒に出勤してきた慧は、模擬挙式で新郎役をするための身支度を整えているところだろう。

慧が新郎役を快諾してくれたのは意外だった。

以前の慧ならば、「俺が？」と渋い顔をしていたはずだ。

そんな慧から、〞エシカルウエディング〞という言葉が出たことも、晶にとっては予想外だった。

もったいないの精神が、こんなところにつながるとは——

慧のおかげで、晶のケーキにもエシカルの発想を取り入れることができたのは幸いだった。

ケーキに使うジャムは、いわゆるB級品と呼ばれる不揃《ふぞろ》いのフルーツで作った、フードロス削減を目的とした商品である。このジャムの仕入れをきっかけに、流通途中で廃棄となるはずだったフルーツを、業者から提供してもらえることになった。

僅かに傷があるだけで味も品質も申し分のないフルーツを安く手に入れられ、ケーキの材料費を抑えることにも成功。

さらには、エシカルウエディングに賛同した企業から宣伝費まで得られ、広告や装飾にも予算をまわせるようになった。

こうして、様々な巡り合わせと工夫を経てフェア当日を迎えるに至ったのだ。

「残すところは、ケーキのデコレーションのみ」

いよいよ大詰めとなり、晶は気合いを入れ直す。

「というわけで、分からないところがあれば、私かこちらの篠原《しのはら》さんに聞いてください」

舞花《まいか》は「よろしくお願いします」と元気に挨拶をした。

晶を中心に、デザート担当の女性スタッフ、実はパティシエ経験のある早瀬《はやせ》、急遽《きゅうきょ》助《すけ》っ人《と》を頼んだ舞花を加えた四人で、これから十二台のケーキをデコレーションしていく。

「この緊張感、久しぶり」

パティシエ復帰も念頭にある舞花は、絞り袋を手に目を輝かせた。

「舞花は一月のスイートピーと、余力があれば二月のパンジーをお願い」

誕生花は、晶がケーキをデザインしながら独自に決めたものだ。

「私は四月のサクラをやってもいいですか？　このデザイン、すごく好きなので」

一流ホテルでアントルメルティエの経験があるデザート担当スタッフには、デコレーションしたいケーキを自由に選んでもらうことにした。

アントルメルティエとは、デコレーションを担当するパティシエのことである。

パティシエの仕事は本来、分業制だ。

シェフパティシエを筆頭に、補佐的なスーシェフ、生地作り担当のトゥリエ、オーブン担当のフルニエ、チョコレート担当のショコラティエ、キャラメルやヌガーなどの砂糖を使った菓子担当のコンフィズール、アイスクリームやソルベ担当のグラシエなどがある。

また、パン担当はブーランジェというが、ブラン・マリエでは、このような細かい分業制は取っていない。

それどころか人手は常に足りず、

「俺まで駆り出されるとはな。ったく、鬼社長め」

調理担当の早瀬は不満たっぷりにぼやいた。

以前は、ウエディングケーキや引き菓子作りを担当する、ベテランのブライダルパティシエがいたらしいが、慧の社長着任後に辞めている。

「フェア以降は、私も厨房《ちゅうぼう》に入ります。社長とも話は付いていますので」

晶が機嫌を取るように言うと、早瀬は渋々作業に取りかかるのだった。

「さてと……私は五月のバラを」

「五月だけ土台が違うな」

早瀬が目ざとく気づく。

「五月はグルテンフリーの餅《ギ》ケ《ル》ーキ《ツ》で、デコレーションはあんクリームを使います」

米粉のケーキにあんこのクリームで花を絞るフラワーケーキも、バタークリームに劣らず美しく華やかになるはずだ。

「なるほど。小麦だけじゃなく、乳製品アレルギーにも対応できるってわけか」

早瀬の感心したような口ぶりに、晶はこっそり嬉しくなる。

「晶のデザイン、変わったよね」

そこで、舞花が感慨深げに言うのだ。

「そ、そう？」

「うん。こだわりが薄まったというか、硬さがなくなったというか……ケーキの向こう側に、新郎新婦の姿が見えるデザインになってる。心がこもったウエディングケーキになってるよ」

「ありがとう。これは私のケーキであって、同時に、愛し合う二人のためのケーキだからね」

美しいだけじゃ足りない。アレルギーに対応した実用的なケーキも必要だ。そんな風に考えられるようになったのも、成長なのかもしれない。

ケーキデザイナーとしての旅も、まだまだ先は長い。

それでも、誰かの笑顔を願う気持ちさえ持ち続けていれば、自《おの》ずと道は開けてくると晶は信じられた。

「愛し合うかあ。いいねえ、新婚さんは」

「そ、そうじゃなくて」

舞花に茶化され、晶はみるみる顔を赤くした。

慧さんの話はしないで――

思いがけず体温まで上がり、指先が熱くなる。こんな手ではクリームが温まってしまうと、晶は水道水に手を浸して冷やした。

「社長のこと、最初はそっけない人だと思っていました。だけど最近は、疲れている人間に休みを取らせたり、シフトを考えるよう掛け合ってくれたり、スタッフの働き方もよく見てくれているなあって。本来なら社長の仕事じゃないのに」

女性スタッフは、作業の手を止めることなく淡々と語った。

慧さんを褒められるのは、悪い気はしないけど、晶は切に願う。

それでも今は、慧の話はやめてほしいと――

ここのところ、自分はどうかしていると晶は感じていた。

慧の顔を見るだけで、いや、頭に浮かべるだけでぼんやりする。

隣の部屋から聞こえてくる寝息が気になり、睡眠不足。

食卓をともにすると、食べ物はなかなか喉を通らない。

残業して帰ったら、愛犬のように玄関先で出迎えられて狼狽《うろた》える。

たぶん、そういうことだ。

私、はじめて恋してる――

落ち着きのない晶に気づき、舞花はにやにやとしていた。

「優しい旦那様で羨ましい限り」

「うわ！」

集中を欠いたせいで、クリーム絞りの力加減を誤りそうになる。

デコレーション中に話しかけられることほど、パティシエにとって困ることはない。

しかも、慧の話をされては手元が狂ってどうしようもない。

「ごめん、ごめん」

舞花は真剣な表情になると、慣れた手付きでバタークリームのスイートピーを絞っていく。

「はあ……」

晶から、ため息がもれる。

すぐさま晶は、頭に浮かんだ慧の顔に大きくばってんをした。そこから気持ちを切り替えて、ケーキにたくさんのバラを咲かせていくのだった。

朝礼の輪を離れたあと、晶は華やかに飾り付けられたバンケットルームを見渡していた。

三十分早まったフェアのスタートに合わせ、誕生花のウエディングケーキが並んでいく。

色とりどりの十二台のケーキは、装花とともに飾られ、イメージどおり素晴らしい眺めとなった。シュガークラフトや飴細工《あめざいく》にも負けない、バタークリームで絞った花が咲きこぼれる。まるで、宮殿の植物園のようだ。

ケーキには、誕生花とポジティブな花言葉を記したカードが添えられた。晶が独自にチョイスした誕生花と花言葉だ。

一月　スイートピー　門出
二月　パンジー　私を思って
三月　ミモザ　感謝
四月　サクラ　優美
五月　バラ　愛
六月　アジサイ　家族団らん
七月　ユリ　純粋
八月　ヒマワリ　情熱
九月　ダリア　華麗
十月　ガーベラ　希望
十一月　シクラメン　清純
十二月　ポインセチア　祝福

ガラスのケーキスタンドの上できらきらと輝くウエディングケーキは、おとぎの国のスイーツビュッフェを思わせる。

さりげなく〝プロデュース・バイ・ケーキラボラトリ・ミモザ〟と記されたボードが飾られているのに気づき、晶の顔に笑みが灯《とも》った。

「ここにも私の店が……」

夢がまたひとつ花開き、密《ひそ》かに胸を熱くする。

やがて、受付でアンケートを記入し終えた参加者たちが、続々と会場へやってきた。少し離れた場所から、こっそり晶は様子を見守る。

「この花、クリームでできてるんだって」

「全部食べられるの？」

「誕生花のケーキって素敵だね」

女性グループから弾む声が聞こえてきた。

テーブル席には、すでに試食のケーキを楽しむカップルの姿がある。

「いただきます」

カップルの女性がソルギのケーキを頬張った。

「スポンジがもちもちしてる。あんこも美味《おい》しい」

米粉のケーキは普通のスポンジとは違い、もっちりとした蒸しパンのような食感が特徴だ。

「アレルギー対応だってさ。すごいな」

カップルの男性は興味深げだった。

「色んな選択肢があるのっていいね。結婚式までしなくていいと思ってたけど、少し興味が出てきた」

女性がしみじみと言い、男性が頷《うなず》く。

「そうだね。二人であれこれと考えるのも楽しそうだ」

カップルは、ケーキを食べながら笑い合っていた。

覗《のぞ》き見《み》フェアは種まきだ。いつか花が咲くのを楽しみに、晶は会場を眺める。

そこで、意外なゲストを見つけてしまった。

「晶さん、来ちゃいました」

パフスリーブのブラウスを着た結衣《ゆい》が手を振っている。

隣には、スーツ姿でばつが悪そうにする年配の男性。

「結衣にどうしてもと言われて、私まで」

彼は、晶にとって義理の父親に当たる柾木《まさき》司《つかさ》だ。

照れくさそうな表情は、やはり慧と似ていた。

「私がお二人一緒に来てほしくて招待したんです。お忙しい中ありがとうございました」

晶は帽子を取って頭を下げる。

「晶さんのケーキは楽しみにしているよ。仕事の話は別だがね」

司は、親会社の社長としての厳しい目つきになった。

「父さん、結衣も。本当に来るとは思わなかったよ」

そこへ慧がやってきた。

新郎役の衣装を纏《まと》った慧は、自然と周囲の注目を集める。

慧に微笑《ほほえ》みかけられどきりとするも、晶は動じていないふりをした。

「慧、何だ、その格好は？」

フロックコートを着た慧に、司は訝《いぶか》しそうにする。

「まあ、色々あって模擬挙式のモデルをやることに」

「モデル？　社長がやる仕事なのか？」

むすりとして、司は言った。

気まずい空気に、晶は不安を覚える。

ここに彼らを呼んだのは、慧との仲を取り持ちたかったからだ。

しかし、司が慧の仕事のやり方に反感を持てば、逆効果となるだろう。

「晶、大丈夫だから」

晶を気遣うように、慧が晶へと目配せする。

「費用対効果を考えれば社長の俺がやる意味はある、と言いたいところだが、正直言えば、ぜひにと頼まれたからなんだ。従業員に頼まれたら、簡単に断れないだろ。社長にとって従業員は、家族みたいなものだから」

慧は笑みを浮かべながら、外した腕時計を司へと差し出した。

「腕時計、ずっと返そうと思ってたんだ」

「返すって、今さら。気に入ってたんだろ」

「まあね。でも、もういらないんだ」

「勝手な奴だな」

呆《あき》れたように言うと、司は腕時計を受け取った。

「父さん、長い間ありがとう」

「別に、腕時計一本くらい」

「その時計は、忙しい父さんの代わりに、子供だった俺をずっと見守ってくれていた。だけどもう、俺は大人になったから。だから、いらないんだ」

司が目を見張る。

思いがけない兄の言葉は、結衣をも驚かせた。

慧はもう、司から目をそらさなかった。

「父さんから、仕事の愚痴を聞いたことは一度もなかった。忙しかったのに、学校行事はできる限り顔を出してくれていた。見えないところで、頑張ってくれてたんだよな。俺たち家族を、長い間守ってくれてありがとう。これからは、家族のことは俺が守るから」

慧を見つめる司の瞳がわずかに潤む。

「ああ、頼むよ」

司は嬉《うれ》しそうに、慧の肩を強く握りしめた。

「お兄ちゃん、お母さんにも会ってあげて。お兄ちゃんは知らないかもしれないけれど、一緒に暮らしていない間も、お母さんはずっと私たちのお母さんだったんだよ。ずっと、お兄ちゃんのこと心配してたんだから」

堰《せき》を切ったように、結衣が話し出す。

「そうか……知らなかった。結衣はずっと母さんと連絡取ってたんだよな」

妹の前だからか、慧は気恥ずかしそうだ。

「お兄ちゃんが結婚した話をしたら、お母さん、泣いてたよ。幸せになってほしいって」

結衣の言葉に、慧は我に返ったような顔をする。

「慧さん、私も、慧さんのお母さんにお会いしたいです」

晶は慧の目を見て微笑んだ。

「そう言ってもらえると、嬉しいよ」

慧も柔らかな笑みを返す。

言葉にすることの大切さを噛《か》み締めながら、絆《きずな》を強めた家族の姿に、晶は感慨深くなるのだった。

時計の針はすでに十二時を回っている。

バンケットルームを出た晶は、小走りで廊下を進んで行った。

「佐久本《さくもと》さん、急いで！」

ヘアメイクの安藤《あんどう》が、ブライズルーム《新郎新婦控室》から「早く、早く」と手招きしている。

「遅れてすみません！」

晶は部屋へと飛び込んだ。

「入って、脱いで」

安藤はカーテンを閉じると、容赦なく晶からコックコートを剝ぎ取った。

ウエディングドレスをまた着ることになるとは。

ビスチェで締め付けられ、晶は「ふう」と息を吐く。

フェアの予算を浮かすために買って出たブライダルモデルではあるが、今さら緊張感が襲ってきた。

それでも猛スピードでドレスに着替え、手早くヘアメイクを整えてもらえば、さっそくチャペルへと向かうことに。

「とりあえず、スリッパで。靴は向こうで履き替えましょう」

安藤は、華奢《きゃしゃ》なピンヒールのブライダルシューズを手にして言った。

「わ、可愛《かわい》い」

晶は目を輝かせる。

「じゃあ、出発しますか」

晶の背後へまわった安藤が、ドレスの裾を持ち上げた。

「準備整いました？」

そこへ、インカムをつけた梅津があらわれる。

「ええ、何とか」

安藤が苦笑しながら答え、梅津も頷いた。

「行きましょう！」

梅津の声を合図に、三人は揃《そろ》って小走りで駆け出す。

模擬挙式の開始まであと五分足らずだ。

晶はハラハラしながらも、待ち遠しさを覚える。

もうすぐ会える。今度こそ伝えよう——

チャペルの扉の前には、一本のバラを携えた慧が期待通りすでに待ち構えていた。

「お、遅れて、ごめんなさい」

晶は肩で息をしながら謝った。

「お客様たちはまだケーキの試食中みたいで、模擬挙式のスタートは十分ほど遅れるらしい。スタートを三十分早めたし、問題ないだろ」

慧の説明を聞き、晶たちは一斉に胸をなでおろす。

「安藤さんと梅津さん、申し訳ありませんが、少しだけ二人にしてもらえませんか？　晶に……妻に話があるので」

表情を引き締め、真面目な声で慧は言った。

「どうぞ、どうぞ」

梅津は笑顔で答え、安藤はブライダルシューズを床に置いた。期待に満ちた顔をして、そろそろと二人は下がっていく。

「慧さん、話って何ですか？」

ブライダルシューズを履いた晶は、慧を見上げた。

完璧に仕上がっている――

いつにも増して凛々《りり》しい慧に、晶は図らずも胸を高鳴らせる。

「まずは、これを」

慧が一本のバラを差し出してきた。

「棘《とげ》に気をつけて」

「ありがとうございます。でもどうして？」

晶には別のブーケが用意されている。

「つまり、これはプロポーズ」

慧は照れくさそうに言った。

困惑した晶は、バラを受け取らずに手を引っ込める。

「プロポーズ？　そんなのまで進行表にあるんですか？」

伝えたいことがあったのに。

すっかりモデルになりきる慧に気持ちが削《そ》がれてしまい、大事な言葉が出てこない。

「そうじゃなくて。これは、本気のやつだから」

「本気？」

顔の前に掲げられたバラの、芳醇《ほうじゅん》な香りに包まれる。

少し落ち着きを取り戻した晶は、そっとバラを手に取った。

確かバラの香りには、ストレスを和らげる効果があったはずだ。

「熱でもあるんじゃないですか？」

いつもと様子の違う慧を、晶は上目遣いで見る。

「熱なんかない。本気だから、真面目に聞いてほしい」

晶を見つめる慧の瞳は真剣味を帯びていた。

バラの香りでは押さえられないほどに、晶の心臓はどくどくと脈打ちはじめる。

「俺の気持ちなんかとっくに伝わっているとは思うけど、改めて言うよ」

「えっ？　伝わってる？」

「伝わってるよな？　キスだってしたし」

「だって、あれは流れで？」

「おいおい、だったら流されすぎだろ」

慧は苦笑していた。

だって、嬉しかったから――

もしかしてとは思っていたけれど、慧も自分と同じ気持ちなのだろうか。

ビジネスでも偽りでもない気持ちで、晶は胸がいっぱいになる。

「私にも伝えたいことがあるんです。良かったら、先に言わせてください」

覚悟を持って、慧を見つめ返した。

「あ、ああ」

頷《うなず》く慧の首元へと、晶は腕を回す。

熱に浮かされているのは、自分のほうだろうか。

だけど、もう言わずにはいられない。

晶はつま先立ちして、慧の耳元へと囁《ささや》いた。

「私、慧さんが好き」

晶の告白を聞き、ほっとしたように慧が微笑む。

「俺も、好きだよ」

さらに、優しく頬を寄せてきた。

「ずっと、こうしたかったんだ」

その台詞《せりふ》に、晶は心を鷲掴《わしづか》みにされてしまった。

ずっと慧に触れたかったのは、晶も同じだったからだ。

だけどこれ以上は、心臓が爆発しかねない。

「こ、こんな格好ですし、仕事中なので」

逃れようとした晶を、慧の笑顔が捕らえた。

「すごく綺麗《きれい》だよ」

晶の頬が染まっていく。

嬉しくて、恥ずかしい。そして不思議なくらい、大きな安心感に包まれていた。

涙が、溢《あふ》れそうだ――晶は必死で瞬きを耐え、ごまかすように笑った。

「……ドレスですから」

精一杯の強がりでも、たった一粒の涙さえ止められない。

「このバラの花言葉、分かってる？」

慧の指がそっと晶の涙を拭った。

一目惚《ひとめぼ》れ、あなたしかいない、という花言葉を晶はすぐに思い浮かべる。

「だけど、私たち……」

「契約は反故《ほご》にしたっていい。やっぱり、ずっと一緒にいてほしい」

「ずっと？　私でいいんですか？」

「晶しかいない。晶がいいんだよ」

「念のため聞きますが、消去法じゃなく？」

「当然だろ。女性アレルギーがきっかけで出会えた、運命の相手だよ」

「運命？　ハードル上がってる」

泣きたいのか笑いたいのか、晶は分からなくなってくる。

私、ケーキしかまともに作れない。

手は火傷《やけど》のあとばかりだし、仕事中に利き腕をずっと動かしているせいで、右腕だけかなりたくましい。

普段はメイクもろくにしない。休みの日は一日中、ルームウェアのままでいたい。

こんな私だけど――

「私も慧さんと一緒にいたい。私たち、まだお互いを知りはじめたばかりだけど、それでも……この先もずっと、一緒にいたいんです」

「俺たちの結婚なんだから、俺たちのペースで気持ちを見せあっていけばいいだけだ」

「慧さん……」

夢が詰まった荷物も、一緒に持てば重くはない。

晶は、慧とならどんな旅でも楽しめそうだと思う。

「一緒に生きていこう」

慧は、何のためらいもなくそう言った。

「は、はい。お願いします」

迷いはとっくに消えていた。しかし、どこか現実味がない。

「あの……甘えてもいいですか」

「ん？」

晶は、軽く息を吸い込んだ。

「もっと、ぎゅっとしてもらっていいですか」

「お、おう」

大事なものを扱うように優しく背中に回されていた手が、力強く晶を抱き寄せる。

やっぱり、現実なんだ——

ふわふわして甘い、綿あめのような感情を晶は味わっていた。

「ありがとう、慧さん」

「晶……」

慧の指が顎にかかり、上を向かされる。

待ちわびた瞬間の訪れを、晶は素直に嬉《うれ》しいと思った。

ところが、目を閉じようとした時、視界の端に人影を捉える。

「……あれ？　サリさん？」

サプリスネックのセクシーなワンピース姿のサリが、優雅にこちらへと向かってくるのが見えた。

「慧さん、離れて！」

「おおっ！」

慌てた晶は、強めに慧を押し返した。

「慧さんと、慧さんの奥様、こんにちは」

サリは慧ではなく、晶へ向かって微笑《ほほえ》んできた。

「こ、こんにちは」

「スタッフの方に、お二人が模擬結婚式のモデルをされると聞いて。すごく、素敵。写真撮ってもいい？」

返事を待たずに、サリは二人の姿をスマホで撮影しはじめる。

晶と慧は、ぎこちないながらも笑顔を浮かべた。

「もっと、寄り添って。そうそう、ソーアメージング！」

「今日は、どういったご用件で？」

終わらない撮影会に待ちきれなくなった慧が、サリに訊《たず》ねる。

「約束通り、奥様のケーキを試食しに来ました」

サリは得意顔で答えた。

「わざわざありがとうございます！」

サリが自分のケーキを食べてくれるなんて、晶にとっては夢のような出来事だ。

慧との甘い時間も忘れて、すっかり晶は舞い上がってしまう。

「先ほどいただきましたけど、とても美味《おい》しかったわ。こちらこそ、ありがとう」

晶の手を取り、熱意を込めてサリは言うのだ。

「ジェノワーズ《スポンジケーキ》は肌理《きめ》が整っていて口溶けがよくて、クリームはなめらかで私好みだった。

それから、そこはかとなくロマンチックなケーキのデザインが素敵。日本人らしい奥ゆかしさが、胸に染みました」

「う……嬉しい……」

再び、感極まった晶の目から涙が一粒流れ落ちた。

心を込めた仕事を認められることほど、嬉しいことはない。

「さっきより、感動してないか？」

すると、慧が不満げに言う。

「だ、だって。清水《しみず》サリさんですよ？　私の憧れの人」

するとサリは、二度と離すまいとばかりに、晶の手をさらに握りしめた。

「佐久本晶さん。もし良かったら、うちのキッチンスタジオに来ない？」

「えっ?」

「信頼できる仲間が欲しいの。ケーキをデザインする会社をもっと大きくしたいから」

思ってもみないサリの言葉に、晶は目を輝かせ、慧は顔色を変えた。

「こんな場所で、晶をスカウトする気ですか？　晶はうちのパティシエですし、私の妻ですが」

「裏でこそこそするの嫌いなんです。それと、妻はあなたの所有物じゃないですよね？」

サリの厳しい口調に、慧の顔がこわばる。

「夫だからといって、奥様のやりたいことにまで口出しするのはどうなのかしら。なんだか慧さん、かっこ悪い、ですね。それはともかく、式場との契約はいつまでなんですか？　うちは今すぐでも受け入れますよ」

サリはぐいぐいと晶に迫った。

「所有物って、そういうつもりで言ったんじゃなくて。妻と一緒に仕事をしたいって意味ですよ」

奪い返すように、慧は晶の肩を抱いた。

「慧さん、大丈夫。ここでの仕事はちゃんとやり遂げますから」

晶は、じっと慧の目を見た。

私たちのことは、私たちが一番よく分かっているはず——

晶の気持ちが伝わったかのように、慧は黙って頷く。

「契約は一年なんです。それまで考えさせてください」

サリに向かって、晶は微笑んだ。

仕事も夢も結婚も、まだまだはじまったばかり。

こんなにわくわくできるのは、支えてくれる人たちのおかげ。

失敗しても、居場所を失うわけじゃない。

私はもう、一人になるのを怖がらなくていい。

祖母をはじめ、親友の舞花、職場のスタッフの皆、憧れのサリ、そして何をおいても慧の存在が晶にそのことを教えてくれた。

「焦ることない、ですよね？」

「その通り。きっとうまくいく」

しかめっ面から一変し、優しげに細まっていく慧の目元。

チャペルの扉が開き、荘厳な音楽が流れ出す。

晶は満ち足りた気持ちで、旅の入り口でもあるウエディングロードを一歩ずつ進んで行くのだった。

エピローグ

祭壇の向こうには、ガラス越しに広がる空と海。手前には、光の祝福を浴びながら幸せそうに微笑む新郎新婦の姿があった。

「指輪交換の時しか、指輪してないよな」

「ごめんなさい。仕事の時は邪魔だから」

厨房《ちゅうぼう》に入る前に、アクセサリー類はすべて外さねばならない。取り外しにいちいち手間がかかるし、失《な》くしては困るから、晶《あきら》は基本的に指輪はしていない。

「邪魔か」

慧《けい》は笑っていたが、晶は申し訳なくなってきた。

「思い出した時に、付けてくれればいいよ」

晶の薬指へと、結婚指輪がはめられる。

「高価な指輪なのに、もったいないですよね」

「もったいない、とは違うな。大事にしているんだから」

ごつごつした関節にもたつきながら、晶も慧の指に指輪をはめた。

「何度やっても難しい」

晶は軽くため息をつく。

二人は手のひらを重ね合ったまま見つめ合い、はにかんで笑った。

「何度やっても照れくさい」

慧が決まり悪そうに言う。

次は、お待ちかねのベールアップ。

晶が少し腰を屈《かが》めると、慧はベールの裾をゆっくりと持ち上げた。

「残念ながら、誓いのキスは模擬結婚式なのでありません」

司会者の言葉に、くすくすとゲストたちから笑い声が漏れる。

しかし晶は、キスの代わりのつもりで、気持ちを込めて慧の手を握った。

きっとドレスに隠れて、ゲストたちからは見えないはずだ。

案の定、慧は意外そうな顔をする。

私、舞い上がってる？

一人で盛り上がりすぎかな？

「退場は、腕を組むんじゃなかった？」

「こういうのもいいかなと思って」

「いいよ。そうしよう」

二人は手を繋《つな》いだまま、祭壇から一歩踏み出した。

思いがけず、ブライダルシューズのピンヒールがぐらつく。ドレスのせいで足元が見えず、晶の足取りが覚束《おぼつか》なくなった。

もしここで転んだら、きっと慧さんを押し潰してしまう。

晶に、冷や汗が滲《にじ》む。

すると、「ゆっくりでいいから」と、慧が声をかけてきた。

慧は一歩前に出て、晶の体を支える。丁寧なエスコートのおかげで、難なく階段を下りきった。

「慌てずに」

「あ、ありがとう」

「いえいえ」

模擬挙式も終盤となり、余裕が出てきたのだろうか。

いや、それだけじゃない。慧は、最初から気が利いた人だった。

一直線で強引なところもあるけれど、本当は優しい人。

従業員や家族を守ろうと努力する姿は、いつも眩《まぶ》しいくらいに輝いている。

私は、どうだろう？

背筋伸びてる？

慧の隣に立つ自分はまだぎこちない、と晶は思う。だからこそ――

いつか、ここが一番の居場所になりますように。

ウエディングロードを、未来に向かって進みながら祈るのだ。

幸福の鐘が鳴り響き、フラワーシャワーが舞う。

繋いだ手に力が込められ、晶は隣を見上げた。

「これからもよろしく」

慧の笑顔につられて、思わず微笑む。

春の陽射《ひざ》しを浴びてきらめく、庭園のバラ。

波の音や潮風が奏でる、自然の賛美歌。

まだ二人の関係は序章にすぎないけれど、ハッピーエンドは必ずやってくると心から信じられた。

アジサイ

話は梅雨晴れの日の午後からはじまる。

澄み渡る空には燦々《さんさん》と輝く太陽。

鮮やかな青い花と濃い緑の葉が、織物《おりもの》のように模様をなして一面に広がっていた。

窓を開け放った縁側には、あぐらをかいた慧《けい》の姿。

古民家の庭に咲くあじさいを眺め、何やら物思いにふけっているようだ。

晶《あきら》はそっと背後から近づき、わっ、と声を掛けて驚かせようとしたが。

「縁側って、風流でいいな」

くるりと振り返り、慧が言う。

「気付いていたんですか」

「気配で分かるって」

慧はにやりとした。

「驚かそうとしたのに、残念」

晶はしとやかな仕草で、慧の隣へと座る。

「驚いてるよ。その浴衣、どうしたんだよ？」

紺色の地に白いあじさいが描かれた浴衣を着た、いつもと雰囲気が違う晶に、慧は驚いてみせた。

長い髪はアップにされ項《うなじ》が見えており、唇は淡いピンクに色づいている。

晶らしくない装いには理由があった。

「おばあちゃんに着せてもらいました。慧さんに見せたくて」

久しぶりの二人揃《そろ》っての休日に、特別感を出そうとしたのである。

「正直に言っていい？」

真面目な顔で慧は言った。

「似合ってませんか？」

焦った晶は、先回りして訊《たず》ね返す。

「まさか。すごく似合ってるよ。結婚式の時と同じくらい綺麗《きれい》で、驚いた」

「いやあ、それほどでも……もしかして、からかってます？」

「からかってない。本当に可愛《かわい》いよ。いくらでも見ていられる」

不審がる晶を、慧は照れもせずに褒めまくった。

「メイクしてる？　もっとよく見せて」

慧の顔が目前に迫り、晶はたちまち赤面する。

「慧さん、近いですよ」

困る晶を見て、慧は笑みを浮かべた。

「悪趣味です」

「仕方ないだろ。嬉《うれ》しいに決まってる。浴衣姿を見せたいなんて言われたら」

「だって、最近仕事が忙しくて、二人でゆっくりする時間もなかったから。これはその、つまり、家族サービスです」

デートすらしたことないんだから、とは、さすがに口にしなかった。

ありがたいことに晶のウエディングケーキは好評で、頻繁に注文が入るようになった。

それどころか、ロコミが広がり、ミモザのウェブサイトからの問い合わせも増えている。

願ってもない、朝から晩までクリームにまみれてケーキを作る日々だ。

とはいえ、新婚生活のほうは甘さのかけらもない。

朝は寝ぼけ眼《まなこ》に寝癖のついた髪。

夜は疲れた顔にぼんやりした頭。

好きな人に、少しもいいところを見せられていないのはいかがなものか。

しかも、忙しいのは晶だけではない。

フェア以降、早い段階で挙式の予約は埋まりはじめ、すでにお断りせざるをえない場合もあるようだ。また、従業員たちの士気が高まったことでサービスが向上し、お客様からも高評価を得ているらしい。

この噂《うわさ》が親会社に届く日も近いだろう。

私も、もっと頑張るから――晶はじっと慧を見つめる。

「家族サービスか、なるほど。だけど、俺だって気を遣ってるわけで」

「気を遣ってる？」

「もっと二人でゆっくりしたいけど、まだ慣れてなさそうだし？」

「えっ、あっ、えっ」

「この家、プライバシー筒抜けだし、おばあさんも帰ってきたし？」

「なっ、なんのことを言って？」

「それでも良ければ、二人でゆっくりしようか」

はじまりの合図のように、そっと慧が手を握ってきた。

「慧さん、ずるい」

晶の気持ちを知っている慧は、断れないのを分かっている。

「うん。俺はずるいよ」

しかし、ここで騒ぎ出すほど晶も子供じゃない。

誰にも気づかれないよう、こっそりだったら――

晶は、アントルメ《デザート》を待つように、静かに目を伏せた。

それでも相変わらず、心臓は賑《にぎ》やかだ。

お願い、静まって――晶が息を止めた瞬間。

頭上で、ぎゃーっ、と何かが鳴き叫んだ。

「何だ！　まさか？」

すぐさま慧は天井を見上げる。

「きゃあ！」

予想通り、軒裏から野良猫が飛び出し、庭を一目散に駆けていった。

「ね、猫……」

晶は胸をなでおろす。

「どこから入ったんだよ。修繕するところ、まだまだありそうだな」

慧と晶は目を合わせて苦笑した。

「まあ、じっくりやっていくとするか」

「そうですよね。焦らなくたって……」

この先も、ずっと一緒なんだから――肩の力を抜いた晶は、ふふっと笑う。

「お二人さーん！　お茶が入ったわよー！」

すると、居間から二人を呼ぶ、溌剌《はつらつ》とした祖母の声が聞こえてきた。

「ゆっくりするのはまた今度で……」

晶が言いかけた時、唇に弾むようなキスをされる。

すぐそこに、してやったりの愛《いと》しい顔。

晶は数度ぱちぱちと瞬きをした。

「さあ、行こう」

繋いだ手に力が込められる。

「も、もう！」

不満げに言ったあと、晶は溢れんばかりの笑顔になった。

湿った空気を一掃するような、爽やかな風が吹き抜ける。

しなやかに揺れるあじさいの花たちは、初々しい夫婦の様子を優しく見守っているようだった。

富士見Ｌ文庫

御曹司《おんぞうし》に誓《ちか》いのケーキを
ビジネス結婚《けっこん》のはずが溺愛《できあい》されてます

タカナシ

2024年５月15日　初版発行

発行者　　山下直久
発　行　　株式会社 KADOKAWA
〒102-8177　東京都千代田区富士見2-13-3
電話　0570-002-301（ナビダイヤル）

印刷所　　株式会社暁印刷
製本所　　本間製本株式会社
装丁者　　西村弘美

定価はカバーに表示してあります。

●お問い合わせ
https://www.kadokawa.co.jp/（「お問い合わせ」へお進みください）
※内容によっては、お答えできない場合があります。
※サポートは日本国内のみとさせていただきます。
※ Japanese text only

ISBN 978-4-04-075412-3 C0193